HUMANITIES AND SOCIETY

浪漫派为什么重要

Peter Gay

[美国] 彼得·盖伊 著 王燕秋 译

译林出版社

图书在版编目（CIP）数据

浪漫派为什么重要 /（美）彼得 · 盖伊（Peter Gay）著；王燕秋译．—南京：译林出版社，2023.6
（人文与社会译丛 / 刘东主编）
书名原文：Why the Romantics Matter
ISBN 978-7-5447-9598-2

Ⅰ.①浪… Ⅱ.①彼… ②王… Ⅲ.①浪漫主义－研究 Ⅳ.①I109.9

中国国家版本馆 CIP 数据核字（2023）第 078696 号

著作权合同登记号　图字：10-2017-516 号

浪漫派为什么重要　[美国] 彼得 · 盖伊 / 著　王燕秋 / 译

责任编辑　陶泽慧
装帧设计　胡　苨
校　　对　戴小娥
责任印制　董　虎

原文出版　Yale University Press, 2015
出版发行　译林出版社
地　　址　南京市湖南路 1 号 A 楼
邮　　箱　yilin@yilin.com
网　　址　www.yilin.com
市场热线　025-86633278
排　　版　南京展望文化发展有限公司
印　　刷　江苏凤凰通达印刷有限公司
开　　本　880毫米 ×1240毫米 1/32
印　　张　5
插　　页　2
版　　次　2023 年 6 月第 1 版
印　　次　2023 年 6 月第 1 次印刷
书　　号　ISBN 978-7-5447-9598-2
定　　价　49.00 元

主编的话

刘 东

总算不负几年来的苦心——该为这套书写篇短序了。

此项翻译工程的缘起，先要追溯到自己内心的某些变化。虽说越来越惯于乡间的生活，每天只打一两通电话，但这种离群索居并不意味着，我已修炼到了出家遁世的地步。毋宁说，坚守沉默少语的状态，倒是为了咬定问题不放，而且在当下的世道中，若还有哪路学说能引我出神，就不能只是玄妙得叫人着魔，还要有助于思入所属的社群。如此嘈嘈切切鼓荡难平的心气，或不免受了世事的恶刺激，不过也恰是这道底线，帮我部分摆脱了中西"精神分裂症"——至少我可以倚仗着中国文化的本根，去参验外缘的社会学说了，既然儒学作为一种本真的心向，正是要从对现世生活的终极肯定出发，把人间问题当成全部灵感的源头。

不宁唯是，这种从人文思入社会的诉求，还同国际学界的发展不期相合。擅长把捉非确定性问题的哲学，看来有点走出自我囿闭的低潮，而这又跟它把焦点对准了社会不无关系。现行通则的加速崩解和相互证伪，使得就算今后仍有普适的基准可言，也要有待于更加透辟的思力，正是在文明的此一根基处，批判的事业又有了用武之地。由此就决定了，尽管同在关注世俗的事务与规则，但跟既定框架内的策论不同，真正体现出人文关怀的社会学说，绝不会是医头医脚式的小修小补，而必须以激进亢奋的姿态，去怀疑、颠覆和重估全部的价值预设。有意思的是，也许再没有哪个时代，会有这么多书生想要焕发制度智慧，这既凸显了文明的深层危机，又表达了超越的不竭潜力。

于是自然就想到翻译——把这些制度智慧引进汉语世界来。需要说明的是，尽管此类翻译向称严肃的学业，无论编者、译者还是读者，都会因其理论色彩和语言风格而备尝艰涩，但该工程却绝非寻常意义上的“纯学术”。此中辩谈的话题和学理，将会贴近我们的伦常日用，渗入我们的表象世界，改铸我们的公民文化，根本不容任何学院人垄断。同样，尽管这些选题大多分量厚重，且多为国外学府指定的必读书，也不必将其标榜为“新经典”。此类方生方成的思想实验，仍要应付尖刻的批判围攻，保持着知识创化时的紧张度，尚没有资格被当成享受保护的“老残遗产”。所以说白了：除非来此对话者早已功力尽失，这里就只有激活思想的马刺。

主持此类工程之烦难，足以让任何聪明人望而却步，大约也惟有愚钝如我者，才会在十年苦熬之余再作冯妇。然则晨钟暮鼓黄卷青灯中，毕竟尚有历代的高僧暗中相伴，他们和我声应气求，不甘心被宿命贬低为人类的亚种，遂把移译工作当成了日常功课，要以艰难的咀嚼咬穿文化的篱笆。师法着这些先烈，当初酝酿这套丛书时，我曾在哈佛费正清中心放胆讲道："在作者、编者和读者间初步形成的这种'良性循环'景象，作为整个社会多元分化进程的缩影，偏巧正跟我们的国运连在一起，如果我们至少眼下尚无理由否认，今后中国历史的主要变因之一，仍然在于大陆知识阶层的一念之中，那么我们就总还有权想象，在孔老夫子的故乡，中华民族其实就靠这么写着读着，而默默修持着自己的心念，而默默挑战着自身的极限！"惟愿认同此道者日众，则华夏一族虽历经劫难，终不致因我辈而沦为文化小国。

一九九九年六月于京郊溪翁庄

怀着爱意纪念我的朋友：

贝拉·伯森、比德·霍夫施塔特、

理查德·库本斯、格拉迪斯·托普基斯、

亨利·罗伯茨、亨利·特纳、鲍勃·韦伯，

以及献给我珍爱的侄女朱莉娅·伯尔廷

目　录

前　言

要说我第一次长时间邂逅浪漫主义，得回到我还在哥伦比亚大学读研究生的日子。我们那个未来政治学者（当时我们系有点浮夸的旧式名字叫作“公共法与政府”）的小团体成员虽然都很聪明且前途无量，却几乎都对人类进步的可能性抱有一种病态的悲观态度。当时我们都承担着普及课程的教学任务，有的在美国政府里讲授一些基本课程，更有甚者，在哥大的一个著名专业讲授所有新生都必修的“当代文明导论”。这门课程是受训于哥大的教育者所引以为豪的通识教育的核心，是为足够幸运被录取进入哥大享受四年智力盛宴的学生而准备的。在这场盛宴中，浪漫主义将出其不意地扮演相当重要的角色。

严格说来，“当代文明导论”是一门历史主义风格的课程［我们喜欢以一种感染人的关联将其称为“从柏拉图（Plato）到北约（NATO）”］，随着它以有力的步伐横跨各个世纪，我们尽量不怠慢那些让我们今天是其所是的主要时期——古希腊、古 xi

罗马、基督教中世纪、文艺复兴等等。我们知道对鲜活历史的描述存在着修正的可能，我们也知道任何被接受的解释都并不是神圣的——这也是这门课程指导思想中所珍视的要素。事实上，我们都太有历史主义的头脑了，所以在每周的午餐会上，成为我们惯例的正是主要被设计来攻击课堂内容确定性的怀疑主义。在那些午餐会上，围绕着从18世纪初至19世纪中期一个半世纪的讨论是其中最具争议的一部分。我们可能都同意，不论专长于哪个方向，任何学者都绕不开大致涵盖了整个18世纪的强力革新的启蒙运动，这场运动后面紧跟着的就是被称为浪漫主义反应的著名的激烈文化爆发。启蒙运动和浪漫主义，只有当后者被确切地理解为对前者的回应时，这两场相继发生的智力思潮才是可以被充分理解的。当时我们相信，在这两者之间存在着一种对称，这种对称让老师和学生都减轻了理解的工作。

因为理解变得简单化，所以包括我在内的心存疑问的参与者便有了很多想法。作用与反作用的笼统观念显然太过简单了，甚至可说是机械化的。我们发现，有一些浪漫派（Romantics）并不知道自己属于这种大规模的反应行为。而有一些启蒙主义哲人和浪漫派里最富浪漫色彩的人一样，对激情本身充满了激情，对想象也有很高的赞美。更重要的是，一股脑儿将众多观点统称为浪漫主义的做法似乎有些过分：如果说存在着德国浪漫派和

法国浪漫派的话，它们并非始于同样的原始冲动，也不曾在他们 xii
的文学与艺术中发展出同样的文化表达。我们中的一些人不禁猜想，如果说浪漫主义被那些伟大的简化者剥夺了其最终和必要的多样性，那么我们是否可以理性地认为，思考浪漫主义的唯一恰当方式是将它考虑为复数？

虽然我们的辩论充满活力，但它并没有带来“当代文明导论”课程的大规模修订。不过，随着我的学术兴趣日益集中在启蒙运动的那几十年中，我发现哪怕任何年龄、性别和来历的浪漫派都基本上接受彼此的前提，他们每个人也都有自己特有的思考方式和表达方式。只有个体性和集合性兼备的解释，才能够恰当地阐发这些被我们天真地扔进以“浪漫主义”为标签的篮子中的各种各样的观念。也许最好是把那些年里的代表性人物看作家庭成员，他们拥有基本的共同价值观，同时也各有其独自的特质。如果你可以将18世纪的启蒙哲人视为一个家族，那么你也就可以将浪漫主义时代的小说家、画家和批评家视为一个家族，他们或许会争吵，但在本质上表现出某种明确无误的共同特征。

在20世纪50年代和60年代，我投身于对启蒙哲人思想方面的集中学习和写作（主要成果《启蒙时代》的上、下卷分别出版于1966年和1969年），我对整体的尊重和对个体的尊重一样迫
切。随着时间的推移，我不断有机会就浪漫主义时代发表评论 xiii

（虽不曾专题评论）。启蒙运动在18世纪末渐渐式微；随后在70年代和80年代，我开始研究中产阶级文化史，这个时代主要始于维多利亚女王登上王位的1837年，正好与我认定的现代主义的诞生时期完全一致。[①]浪漫主义要么成了我研究工作的前言，要么成了其后记。在眼下这本书中，我终于让这个主题成为我关注的中心。

不论浪漫主义长久以来是多么边缘化，我还是能意识到它具有争议性的本质。卢梭在浪漫主义创立之初饱受争议的地位，拜伦勋爵这样的浪漫派先锋竟然出人意表地拒斥自己在浪漫主义运动中发挥的作用；那些在政治信仰上明显是进步甚至激进的浪漫派，竟拒绝承认浪漫主义的观念是对启蒙运动必要的敌对反应——所有这些对立的思潮使得试图定义浪漫主义的努力变得不可能实现（如果不是不可想象的话）。这一主题上迅速增加的二手文献并没有让其捍卫者感到宽慰；相反，随着学者立场的固化，不同阐释者之间的冲突变得更加让人痛苦。由于关于浪漫主义本质的结论仍然悬而未决，它究竟以何种方式具有重要性的这个问题——本书的主题——也就仍然是一个具有不确定性的问题。

在这场学术争论中，给我留下最深印象的读本是一篇演讲稿，那是亚瑟·O. 洛夫乔伊在1923年12月举办的现代语言协会年度会议的晚宴上向协会成员发表的演讲。这篇演讲的标题相

当谦逊，名叫“对浪漫主义的甄别”。不过第二年，洛夫乔伊的这 xiv
篇文字就出现在协会的官方杂志上，由此获得了某种不朽的名声。洛夫乔伊的声誉本来是无懈可击的，这位哲学家和观念史家之前已经因为有关早期浪漫派（如席勒）的文章而获得了良好的名声。然而他的这篇演讲虽不失礼貌也不乏幽默，却带来了毁灭性的后果。

洛夫乔伊通过旁征博引，贯穿了那一时期的文献，他似乎把所有寻求浪漫主义统一定义的努力都视作注定的失败。他探究了三种情况，在这些情况下浪漫主义会有一个特有的定义，但是其中任何一个都与另外两个直接矛盾。他发现了一些好玩的表达（“对克尔教授而言，浪漫主义是‘仙女的写作方式’”），并机智地列举了过去种种关于浪漫主义起源的相互矛盾的说法。有人可能从拉塞尔先生或别人那里了解到，卢梭是浪漫主义之父；从罗素和桑塔亚纳那里了解到，伊曼努尔·康德作为浪漫主义先驱理应享受荣耀；从塞耶尔先生那里了解到，浪漫主义的祖父母是费内隆和盖恩夫；从白璧德教授那里了解到，最早有记录的浪漫主义始祖是弗朗西斯·培根；从高斯先生那里了解到，它源自约瑟夫·沃顿牧师的胸襟；从晚期的克尔教授那里了解到，它源起于17世纪，或从早期的克尔教授那里了解到，它源自一部叫作《阿卡迪亚或大居鲁士》的作品；从蒙特朗西先生那里了解到，它诞生于18世纪，源自贯穿整个英-法甚至英-诺曼底文艺复兴

xv 时期的一种热望；从格里尔森教授那里了解到，圣保罗“闯入希腊宗教思想与希腊散文”是“浪漫主义运动”的一个重要例子，虽然“第一位伟大的浪漫主义者”乃是柏拉图；从查尔斯·韦布利先生那里了解到，《奥德赛》在“结构与本质”上都是浪漫主义的，浪漫主义“诞生于伊甸园”，而“最初的浪漫主义者是那条蛇”。②

这份有趣而不怀好意的名单因相关而可疑的奇闻轶事而显得更为刺眼，洛夫乔伊将它作为证据，来证明“浪漫主义”是一种多么臃肿不堪的集合名词，最好的解决办法就是完全抛弃它。不过他也挺了解他的听众，不可能指望在场的每个人以及他的文学史同行会接受如此激进的提议，因此他向大家提供了一个更加温和的方案——将“浪漫主义”变成复数，这样一来它虽然不够优雅，但是比原先按照传统接受下来的术语还是要实用得多。他这样总结道：“文学史学者的研究任务正是了解文学思想的起源、变迁与思想综合体多种多样且常常是戏剧性的相互作用。”③

不用说，洛夫乔伊的两个建议都完全没有得到采纳。但是，当我在讨论仍然被称为“浪漫主义”的这个词的含义时，我发现第二个建议是最有用的。以下篇章会说明为什么我选择了洛夫
xvi 乔伊的第二个建议。

第一章 “世界的返魅”

1794年，诺瓦利斯邂逅了苏菲·冯·库恩。她是个12岁的少女，迷人而早熟，他很快就爱上了她。当时的诺瓦利斯21岁，已经放弃了本来的贵族名字弗里德里希·冯·哈登贝格，改用了这个后来被普遍接受的笔名。一年后，这对夫妇就订了婚，此时他们的婚约与后来发生的事情相比还没有什么不同寻常之处。但就在15岁生日刚过的时候，苏菲去世了。在那些令人心碎的日子里，诺瓦利斯的日记记录了没完没了的痛苦沉思；他已然悲痛欲绝。他常常带着鲜花到她的墓前祭拜，流着眼泪与她私语。
他时而欢欣，时而沮丧。5月的一个傍晚，他在情人的墓前感到 1
不可名状的愉悦，体验到了火焰般的迷狂时刻。时间的界限被打破了，几个世纪犹如一个瞬间。“她真真切切地出现了，一直以来我都相信她会出现。”在他生命的最后四年里，这些近乎幻觉之物主宰了他的感受、思考及诗歌。然而在1798年末，诺瓦利斯仍与另一个女人订了婚，虽然他一直让苏菲神龛里的蜡烛保持着燃烧。再铺张无度、反复无常的浪漫之爱，也绝不会比诺瓦利斯所醉心的古怪悲喜剧更为激烈了。正是诺瓦利斯总结出了浪漫派的宣言：“爱是世界史的最终目的。”[1]

那种爱的显著特征之一，就在于它与浪漫之爱的另一核心要素——死亡之间有着紧密的关联。在他献给苏菲的众多作品中有一首名叫《夜颂》的抒情诗，诺瓦利斯在其中表明了与之赴死的决心。而在献给期刊《雅典娜神殿》的《花粉》片段中，他写道：“生命是死亡的开始。生命为了死亡而存在。”自杀很少淡出他的脑海。他在一篇未发表的思想随笔中这样写道：“真正的哲学行动就是自杀，这是所有哲学真正的开始。”

然而，诺瓦利斯是一位坦率得异乎寻常的日记作者。他完全意识到，他关于爱情的思想并非全然是精神性的，甚至可以说根本就不是精神性的。苏菲死后不久，他在日记中坦率地吐露了自己充满情欲的缅怀之情，“最初的性的悸动”，或晚些时候提及的“性幻想”。在5月他又写道：“今天从早到晚都春心荡漾。”过
2 不了几天，他又提到“非常淫乱”。[2]他渴望与未婚妻的身体和灵魂重新结合，这是一种典型的德国浪漫派的融合。

这也是浪漫派在美学和神学之间保持着紧密关联的原因。浪漫主义诗人荷尔德林在小说《许佩里翁》里用简单的隐喻建立了这一连接。“神圣之美的第一个孩子是艺术”，“美的第二个女儿是宗教，宗教是对美的爱”。他接着说：“倘若没有这种对

美的爱，没有这样的宗教，任何国家就都只是没有爱与灵魂的干瘪骨架，所有思考与行动也只是无冠之树。”[3]荷尔德林谈论的是古代雅典，但他表示他对宗教的定义是普遍适用的。诺瓦利斯在其诗歌与未完成的小说《亨利希·冯·奥夫特丁根》中，将精神与肉欲融合到一起。在《夜颂》最后名为“渴望死亡”的一节中，他以狂喜的诗句结尾，向心爱的耶稣提起甜蜜的新娘。“梦打破了我们之间的纽带，把我们放在父亲的膝上。”[4]诺瓦利斯的浪漫主义幻想是一部关于肉体之爱与死之承诺的隐秘独角戏。

虽然其他德国浪漫派不像诺瓦利斯一样允许外显的性行为与内在的虔诚在开明的婚姻里同时存在，但他们和诺瓦利斯一样，相信宗教本质上是一件关乎感受的事。在对这一以自我为中心的宗教狂热的感言中，柏林传教士弗里德里希·施莱尔马赫的《宗教之死》(1799)是最犀利、最值得引用的。在写给柏林密友
(美丽而聪慧的犹太女沙龙主人亨利埃特·赫兹，她为人友善，容 3
貌出众)的信中，施莱尔马赫以一种令人着迷的双关语来命名自己的信仰——心之宗教*，“因此，我的心完完全全地再也容不下别人了”。[5]

当时的施莱尔马赫只是柏林一个默默无闻的牧师，但发表

---

* 女沙龙主人的姓氏赫兹(Herz)在德语里正好也是“中心”的意思。——译注

了这番激动人心的战斗口号，反对什么也不信仰之后，他就不再是默默无闻的了。他的宣言如此具有挑衅性，很大程度上是因为它并没有针对预期的目标——无神论哲学。他更喜欢把矛头对准受过教育的德国人，对准很少思考上帝也很少用伦理学或形而上学的论证来为上帝进行辩护的人。施莱尔马赫坚持认为，需要建立的要点在于宗教的自主权。这并不需要对神的本性进行复杂的论证，或为之提供深奥的证据研究与伦理思考。真正的信仰不是关于上帝观念的集合。事实上，最了解宗教的人并不一定是最虔诚的。现代经验哲学则完全是隔靴搔痒。施莱尔马赫认为，宗教的实质“既不是思考，也不是行动，而是直觉与感受”。[6]在后来的生活中，施莱尔马赫表现出自己是一名令人敬畏的学者、神学家和教育行政人员，再也没有重复过这一早期浪漫主义声明的胜利。不过他的反智主义是一如既往的。

对于施莱尔马赫来说，真正的宗教感在于能够虔诚地接受爱，是对上帝的近乎性的开放。宗教时刻是狂喜的时刻。他这样写道：“谦逊而温柔，就像处女之吻；圣洁而丰满，就像新娘的拥抱。”施莱尔马赫对肉欲之隐喻的选择简直太恰当了。人类灵魂
4 “更高、更神圣的活动”正是“向那一刻飞跃。我所拥抱的并不是神圣存在的影子，而是神圣存在本身。我躺在无限世界的怀抱里；此刻，我就是它的灵魂，因为我感受着它的全部力量和无限生命，如同感受着我自己；这一刻，我穿透了它的肌肉与组织，与

我自己无异，它就是我的身体”。[7]

施莱尔马赫所教导的唯一宗教确实就是心的宗教，那种宗教是对身体意义上的真实神性的沉思性顺服或与之相交融，是自我贬低与自我美化之间充满性意味的结合——它确实是热情似火的。弗里德里希·施莱格尔也有同样的基本看法，他坚持认为只有相爱的人才能达到统一。两个人在身体结合之时合二为一。在写给多萝西·维特的一封已发表的信中，他也基于同样的原因为哲学与诗歌（其中包括文学散文）的自然本性辩护。[8]

弗里德里希·施莱格尔真是个了不起的人物。他想要不断扩展自己对新经验和异域文化的理解——为了提高自己对亚洲文明的理解，他在成年后学习了波斯语和梵语，并受着这一热情的驱使，以非凡的天赋创作了许多值得引用的观察和令人难忘的格言警句。他的人生由一系列不可预料的惊人转变组成，这些转变也正体现了他的信念，即对固定哲学体系的狂热崇拜会导致创造性冲动的破坏性枯竭。他出身于一个知识分子家庭，经过多年自我折磨的犹豫不决，最终立志成为一名古典主义作家，并以对希腊文学相当博学的分析而给人留下了深刻的印象。但是在几经波折之后，他很快就从希腊狂热中解脱出来，对世界文学（无论是近代的还是古代的）产生了更均衡的兴趣。 5

弗里德里希·施莱格尔的学术生涯有点像诺瓦利斯，是对浪漫之爱发人深省的探索。1797年，他遇到了多萝西·维特，一个已婚并育有两个孩子的女人，同时也是摩西·门德尔松（普鲁士最有影响力的犹太哲学家，与康德有过书信往来，并为犹太人进入现代世界指明了道路）的女儿。她曾嫁给一个特别没有艺术与美学修养的犹太商人，但不久后就和施莱格尔同居了。施莱格尔很欣赏她的智慧与性感。在1799年，他出版了一本名为《路琴德》的小说，这部作品他早已构思数年，但由于多萝西·维特的出现才为这部小说的描写提供了各种各样现实素材，这其中包括这对夫妇流传坊间的性生活轶事——看起来尤为不可接受的是，据说他们有时会通过对标准姿势进行实验来完成二人之间的结合。施莱格尔经由《路琴德》写道，在这些床笫游戏中最令人满意的，“最有趣和最美妙的，是我们互换角色并充满孩子气地比一比谁在这种互换中能更有成效地模仿对方。不论我俩谁在这场比赛中获胜，我在做爱过程中都扮演女性角色。因此，性的结合会带来‘浪漫之爱’。我的血管中涌动着一团火焰；我所梦想的不仅仅是一个吻，或双手的拥抱；也不仅仅是为了解除令人备受折磨的相思之苦，冷却全情献出自己时那甜蜜的灼热；我并不仅仅渴望你的唇，你的眼睛，或你的身体；我渴望的是所有这一切
6 的浪漫的混合，是最独特的记忆与热望的美妙交融”。[9]

弗里德里希·施莱格尔在发表于《雅典娜神殿》的一则著名警句里毫无保留地表达了对日常生活中的中产阶级婚姻的轻蔑之情。他认为，这种婚姻常常涉及的是家庭尊严的保障与对权益

的冰冷算计。“几乎所有的婚姻都只是搭伙过日子，”他写道，“他们只是临时合伙，离真正意义的婚姻还远着呢。”所谓婚姻，他以一种浪漫主义的方式将之定义为“几个人应该结合为一个”。[10]在这个关于男女最亲密关系的重要议题上，他是一个激进分子。但那并不是一种一成不变的观点——应该说直到他最后的转变之前，施莱格尔的观点都始终在发生变化。1804年，在讲授一门有很多人参加的文学史课程期间，他为自己与多萝西·维特的关系正了名：他们结婚了。由于这决定性的一步，他的妻子（不顾及自己犹太父母的意见）也自然而然地被卷入了他的生活方式，跟随丈夫成了一名新教徒。

对于弗里德里希·施莱格尔来说，这并不是他最终的信仰：1808年，如同其他德国浪漫派一样，他改宗罗马天主教。这一步很快成为他写作出版的主题，并使他与不赞成他改宗的兄弟和其他新教徒疏远开来。施莱格尔的改宗不仅仅是基于审美的决定：他大量的著作（其间他从未减少授课和文章的发表）都坚持强调天主教作为真正宗教之神圣基础和实践意涵，这构成了一个决然而意义深远的姿态。当时他已进入奥地利帝国的政府供职，当时的奥地利政府或可称作法国大革命最强硬的对手，他充满热情地为哈布斯堡王朝辩护，如实地反映了其新雇主的意识形态。 7
他的妻子四年前才刚皈依了基督教，此时也义不容辞地随他信仰了天主教。

施莱格尔早期的政治作品(他最初的政治作品将其文学主张移植到对国家的反思上,这在某种意义上来说也是他最早的浪漫主义写作)是十分进步的,甚至可以说是革命性的。他在1800年前曾写道,现代世界所需要的是普世的共和主义,只有这样的政府才能带来康德在其关于永久和平的著名文章中所探索的国际安宁。“一个共和国的政治价值是被真正实现了的共同体、自由与平等的广泛性和密集程度决定的。”[11]自从在哈布斯堡王朝任职后,他就再也没有使用过这样的语言了。这一部分的德国浪漫主义,其激进主义就算有所存续,也只集中在妇女的性解放上。

法国浪漫派有一套他们自己关于爱及其无常变化的说法。虽然他们的观念主要是心理意义上的,但他们也关注其文化意涵。在邦雅曼·贡斯当的小说《阿道尔夫》(1816)的序言中,我们读到主人公“罹患我们这个时代主要的道德病症之一”。贡斯当所谓的臭名昭著的时代疾病,似乎是敏感的法国人总爱犯的毛病。“我们不再知道如何去爱,如何去相信,如何去渴望。”贡斯当这样认为。[12]而阿道尔夫这一自恋式英雄正是贡斯当所设想的合适的代表人物。

这里所指的不仅仅是忧郁,尽管忧郁是这种病症的一种普
8 遍症候。这是一种无意义感、无目标感,注定了没有爱地活着,弥漫在19世纪末既不能避免也不能远离这种病症的男男女女中。对信仰的质疑——德国浪漫派没有理由去害怕心理上的恐

怖——是这一疾病的主要症状。维克多·雨果说得很简洁，这种疾病是“随着基督教的传入而注入民族精神中的一种新情绪，这是一种为古人所不知，只在现代社会中才出现的情绪”。[13]由于这一时疾盛行，夏多布里昂才会大声惊叹：“现代作家居然还没想过去描绘灵魂的这一独特状态，可真让人吃惊！”[14]阿尔弗雷德·德·维尼认为这种疾病“几乎无法治愈，有时还会传染，是一种尤为折磨热情年轻人的可怕疾病”。[15]神经症（同样也被广泛接受为一种文化神经症）所谓的增加，深深困扰着19世纪末的有识之士。而这一“疾病”正是此前“时代之疾”的正统后嗣，同样被人们深深坚信，同样令严肃的研究者难以捉摸。

尽管有着一种文学上的沮丧，法国浪漫派也为我们提供了一种更乐观的思路。至少其中有两位，司汤达与巴尔扎克，成了爱情理论家。他们俩都发表过敏感的调查报告和关于爱的研究，这至少使人们可以想象某些人可能会经历爱情。司汤达写过一篇令人印象深刻的文章《爱情》（1820），这篇文章一部分是作为技术性的探讨，一部分是作为自己的忏悔。从少年时代开始，司汤达就有一连串与女人交往失败的记录，而最初的记录竟是关于他的母亲。他坦率地承认自己爱着母亲，而母亲以对他同样的迷恋充分回应着他，他渴望亲吻她裸露的胸部，“当父亲进来并打断 9
我们的亲吻时，我十分反感他”。[16]这一恋母情结的剧情在司汤达7岁时戛然而止——他深爱的母亲死于难产，而他则在成年后常常迫不得已地重复着这段创伤之爱。

在写作这篇正式论文的时候，司汤达为了给出一个“精确而科学”的论述，尽量保持了客观，然而他也承认这几乎是不可能的。“我会尽量保持不动情。我想让我的心保持沉默，因为我相信它有很多东西想表达。”[17]他心知在他所处的文化里，重要的是爱情中的女人处于严重不利的地位，是被动的受害者而非快乐的共享者。在对现代女权主义的大胆预测中，他坚持认为真爱包含着尊重——由此看来，弗洛伊德关于爱必须同时包含温柔友谊与狂热欲望的论断远非原创——只有当女人被鼓励着充分发挥她的才能，这种尊重才有可能。“与一个只见过两面并在教堂宣誓结婚的男人上床，比起献身于一个自己不由自主崇拜了两年的男人，要更有悖于端庄。”[18]德国的浪漫主义理想是夫妻恩爱且虔诚地融合为一个神圣的整体，但这种理想与以上法国人的结论格格不入。在法国浪漫派所推崇的爱情里，性的吸引也是必不可少的元素，而其中并没有什么宗教的成分。

司汤达特别强调的浪漫之爱中必不可少的元素，乃是想象
10 力的使用。他最擅长的比喻是他所谓的“结晶”：“在萨尔茨堡的盐矿，人们将一根冬季的枯枝扔到一座废矿深处；两三个月之后，他们将它拖出来，上面布满了耀眼的结晶。就连那些比山雀爪还细小的枝条上，也挂满了无数变幻多端且光彩夺目的结晶。最初的树枝已无从辨认。这里，我称之为结晶的东西是心灵的产

物，它从发生的一切中提取出这一发现：被爱的人有一种新的完美。”如果足够幸运的话，一个人所想象的恋人和他现实中所爱的人会很相似，但是想象力的使用会令这一实事求是的评估几无可能，尽管对爱人而言，现实充其量也只是一种遥远的存在。“从他恋爱的那一刻起，最聪明的男人也不再能看清事物的本来面目了。”[19]男性爱人会将他的力比多投入到他所爱的人身上，并且低估他自己。“他低估自身的优秀品质，并高估所爱之人所施予的哪怕一丁点恩惠。”结晶化是自欺的强大来源。它照亮了生活中那些最令人惊诧的瞬间。“生活能给予的最大幸福，是你所爱的女人与你的第一次牵手。”[20]浪漫主义文学的读者会联想到司汤达最伟大的小说《红与黑》中那一决定性的时刻，正是这次隐匿的握手成了英雄潜在毁灭的关键。

这样一本有关方法与反省的书能够吸引到谁呢？司汤达毫不迟疑地表示，他根本没有把一般的中产阶级放在心上。普通读者实在是太普通了。毕竟，司汤达一贯将女人的无知以及女人对 11
男人的依附归咎于男人。拒绝让已婚妇女和普通男人一样以阅读书籍的方式打发闲暇，这只会让女人采取一种无知的姿态。让男人独享性的快乐，只会破坏女人在性体验中的自然兴致——而这种兴致本是一个聪明的丈夫会尽其所能去培养的。然而，司汤达这一早期的女权主义是如此激进，以至于花了一个多世纪的时间，才让自己看起来不仅仅是出于礼貌。

但这些都不能使女人在浪漫主义的时代与男人平等。少数几个法国女作家被看作例外，比如斯塔尔夫人和乔治·桑，因为她们被免除了女性通常的限制性条件，因而不能代表多数女性。司汤达的看法和巴尔扎克一样，尤其在关于女人的性格和处境方面，他们的激进主义是对未来具有冲击力的一瞥。在巴尔扎克极为成功的作品《婚姻生理学》(1829)中，女人扮演着危险的角色，就好像司汤达坚信的女权主义对巴尔扎克毫无影响似的。中产阶级赖以生存或他们所宣称的理想，是年轻女人以处女之身进入婚姻，并继续保持对其家庭尤其是父母的敬重，绝不背离一夫一妻制的生活理想。在法国，有些女人被称为“白绵羊”，大家用这个词来称呼那种有时间和金钱来从事慈善和休闲活动的女人。
12 “自己有车的已婚妇女是贤惠的女人”，但与此相反，“自己做饭的女人则不是”。[21]

对于英国浪漫派而言，这一贵族气的观点虽然有趣但并非决定性的，他们致力于另一种爱：主要由个体心灵来诠释的对自然的爱。这是1798年出版的《抒情民谣集》中所言说的那种爱，华兹华斯和柯勒律治由此开启了英国的浪漫主义。这并不是说英国的浪漫派就忽视了性及其意涵。最重要的是，他们在雪莱和拜伦这样的浪漫派的作品里已经看到了性。他们当时已经听说了这两位诗人的生活轶事，不过他们的看法有失偏颇且诗人的行为对他们而言也并非不可思议。

尤其是拜伦勋爵，他将中产阶级生活与浪漫主义生活之间的不可兼容性弄得明明白白的。他年轻时曾与同父异母的姐姐乱伦；在自我放逐地中海期间，他为自己的同性恋冒险经历感到开心。他那时还借此机会向好朋友公开吹嘘他的战利品。1819年，司汤达写作《性生理学》期间，拜伦听到有人恶意搬弄他的是非，为此很是生气，别人说他“尝了一口”，于是他向约翰·卡姆·霍布豪斯和道格拉斯·金奈尔德和盘托出。“他指的是哪一口？”他问，“自从去年开始，我就备受谴责。”[22]这一坦白的对象并不是中产阶级读者，即使再过几十年，中产阶级读者也未必能理解他，而且也不会认同与采纳这种生活方式。这种事情是专属 13
于贵族和诗人的。

浪漫派也不允许自己被想象力蒙蔽，让自己看不到生活的阴暗面。死亡无处不在，对老年人和年轻人都同样可怕。不管多么精细与先进的医学，面对流行病与意外都一样无能为力。正如我们所见，忧郁症这一时代之疾，还有另外一些现代特征不那么明显的疾病，莫名其妙地折磨着受过教育的男男女女。诺瓦利斯指出，他所谓的“原初意义”首先是“返魅”至人类尚浸润在有宗教信仰的世界的那种状态，他相信那种状态其实是幸运的，只不过被大不敬的18世纪启蒙世界所不齿，且被残酷地抛弃了。这就是为什么弗里德里希·施莱格尔的哥哥奥古斯特·威廉（一个卓越的评论家及翻译家，且多年来都一直是弟弟的忠诚同盟）只能认同诺瓦利斯之控诉的原因。“去诗意化的过程事实上已经持续得太久了，”他写道，“是时候让空气、火、水、土重新诗意化了。”[23]他独出心裁的措辞对他的读者来说非常简明扼要：诗意化即浪漫化。

所谓去诗意化，正是启蒙运动对宗教的彻底厌恶，而这让浪漫派感到难以忍受。诺瓦利斯用他最生动的比喻谴责了18世纪启蒙运动的代言哲学家，他写道：“它们将宇宙充满无限创造性的
14 音乐贬损为巨大磨坊发出的单调的咔嗒声。”这是信仰捍卫者第一次利用工业革命的可怕意涵。

为了强调这个说法，一边写作一边进行绘画创作的德国哲学艺术家菲利普·奥托·朗格这样写道：“这么多优秀的人类不得不屈从于所谓启蒙与哲学的可悲心态，真是耻辱。”[24]弗里德里希·施莱格尔肯定会赞同这个观点，因为他是反抗18世纪的浪漫主义典范。作为一个具有历史主义头脑的文学评论家，他已经广为人知，他在1800年前不久为一场反对“启蒙柏林主义”的运动招募成员并成功找到了他们。不过，若说柏林对虔诚而言是一个不算牢靠的避难所的话，巴黎的情形则更加糟糕。当施莱格尔在1803年刚开始访问法国时，他对法国大规模的文化产业非常着迷，但同时又厌恶随处可见的公然亵渎宗教信仰的风气。他把巴黎称作“现代的索多玛”，并得到了德国浪漫派的衷心赞同。

我们将会看到，表示赞同的不仅仅有德国浪漫派。

这一小群德国浪漫派不屑于现代世俗主义，并将这种不屑看得非常重要。弗里德里希·施莱格尔在发表于1804年至1806年的一系列演讲中，正式对当时使用中的哲学体系进行了排名，他将科学经验主义（这一派观点认为哲学已经寻找到最大的共识）排在了很后面的位置，仅仅比唯物主义（大量启蒙思想家致力于此派观点）排名略高一点。怀疑论与泛神论（在启蒙主义的信徒阵营中得到了充分体现）的排名结果也只是稍微高一点。 15
在他的排序里，只有理念论获得了他完全的认可，他认为理念论和宗教体系一样都具有精神性。

简而言之，宗教是德国浪漫主义思考的基础。只不过对上帝的信仰被界定为邻里善意与世界和平之源。诺瓦利斯在《基督教抑或欧洲》中写道：“无休无止的战争狂热病不会痊愈，除非所有人都意识到‘只有宗教才能重新唤醒欧洲’。”[25]不论宗教在德国浪漫派那里会以哪种形式出现，它总会依托于这样一种品质：“在本质上，所有宗教都是诗性的”——诗人荷尔德林为浪漫主义做了这个简明扼要的总结。[26] 16

第二章　浪漫主义心理学

浪漫主义的生命相当漫长。绘画、雕塑、散文、诗歌、音乐、舞蹈、戏剧、电影（这些我已涉足或将涉足的领域）中的浪漫主义固然显示出惊人的相似之处，但它们是如此芜杂，致使它们共同的基础显得牵强而难以成立。因而也难怪，当我一开始试图对此给出一个整全的定义时，评论家、支持者与文化产业里急功近利的商人很可能感到迷惑和夸大其词。此事一直以来都是这样。事实上，从19世纪到20世纪，“现代性”已经被广泛应用到高雅文
17 化的各个领域，以及任何能自诩有一点独到之处的事物上面。当历史学家试图厘清整个文化全景，却被其混乱且日益混乱的面目所震慑时，他们选择在现代性审慎的复数形式中寻求庇护，也就不足为奇了。

我们之所以颂扬这一渗透艺术、文学、建筑等现代市场的乱象，是为了彰显对于富有想象力的个性的恰当尊重——在过去两个世纪及将来，人们谈论的所有与品位相关的最重要的判断，如

美、美的表现力及其道德与政治，以及对它们的心理或社会起源及意涵充满活力的争论，无不与个性休戚相关。我们不假思索甚至不惜矛盾地将某些类型的作品、诗歌、建筑或戏剧归入现代一类：拉斯克-许勒的抒情诗、弗兰茨·卡夫卡的小说、埃里克·萨蒂的钢琴曲、路易吉·皮兰德娄的戏剧以及巴勃罗·毕加索的任何一幅画作。它们都有自己的凭证：这就是现代性。

据我所知，还没有人能够将现代性的所有特征确定为属于某个单一的历史时期。学界之所以做不到这一点，原因并不难以理解。不论在绘画、小说或乐曲中，现代性的不同来源显而易见，让人无法忽视。套用一下 G. K. 切斯特顿曾经用在基督教上的说法：最典型的现代性并不是那些被尝试过且令人向往的东西，而是那些被发现有些格格不入且未经实践的东西。不管我们探究的是现代性的哪一种文化表达，其特殊性都有压倒其普遍性的危险。顶着这些明显的障碍所带来的压力，本书只是泛泛而论的随笔，并无轻视甚或忽视各领域独特性的意思。 18

几年前，美国最高法院法官波特·斯图尔特说，虽然他无法定义色情，但是他一看就知道。经典的现代作品也恰恰给人这样的感觉，不论其流派或要求世界关注的点是什么。然而对于本文化史学家来说，我并不满足于仅仅能将其识别出来的震惊。政治或宗教的意识形态尽管看似诱人，但也不能用来定义现代性，因为它们几乎与所有的信条相兼容，包括保守主义，甚至法西斯主义。从历史上看,几乎所有类型的教义(从无神论到天主教教义)都被现代主义者用作信仰或不信仰的基础而引发过激烈的争论。

总的来说,现代主义者确实更热衷于极端主义,而不会选择政治中庸路线,或走中间路线的教义。对于所有的自由主义艺术家,如乔伊斯或马蒂斯,中庸被看作中产阶级与无聊的代名词——他们倾向于将这两个词用作同义词。不过这也许并不令人吃惊:作为根深蒂固的冒险者,他们觉得处于美学上尚可接受甚或超出他们理解的前沿地带会更加舒服。他们相当重视浪漫主义的复数形式。所有的现代主义者都有一个共同点——这是第一个可能摆脱特殊性的线索:相信未曾尝试过的要明显优于熟悉的,稀有的优于普通的,实验的优于常规的。事实证明,这一点有许多值得分享。当我们寻找更大的共性时,也许最具启发性的隐喻是家庭的比喻,它庞大、有趣且分布于四处——在个体的表达方式上有所不同,却以某种方式由基本的联系连接在一起。

19 本书的目的就是要说明以下这一点:在我涉猎过的所有文化领域中,我收集到了大量可信证据,在多样性中提供了一种统一性,一种单一的审美思维,一种可识别的风格,即现代风格。现代不仅仅是一系列前卫的抗议。它就像和弦一样,其整体比各部分之和的简单叠加更有意义。它意味着看待社会及其中艺术家角色的新方式,以及重视文化作品及其作者的新方式。简而言之,我所说的现代风格是一种思想与观点的风气。

尽管现代绘画、诗歌及建筑的历史彼此之间存有差异，但它们有两个共同的决定性属性：它们给传统感受带来了新事物的冲击，以及它们投身于一种大胆自信的主观性。前者以令人震惊的创新冒犯了传统精神，这是相当容易说明的。后者是一种征服的、自信的表现力，这更难捕捉一些，但同样重要。这不是一种随随便便的付诸行动，而是一种审美的内在本性，克努特·哈姆生很巧妙地将其称为“客观的主观性”——将感受转化为艺术。专注于自我表露并不必然意味着自恋。*在现代作品中，自传体小说、抽象画、表现主义设计、自白诗和其他用笔、画刷及凿子进行自我探索的行为从反常的边缘地带转移到现代文化产业的中心位置。

比起现代派咄咄逼人的对常规的无视，其主观性则远没有那么显而易见，因此值得简短探究一番。在认真审视自我的时代（维多利亚时代及）之后，内心的自由是现代主义者最珍视的感受。一个有代表性的晚期的例子（当然还有很多）或可代表所有的现代主义者：1940年，亨利·马蒂斯因严重怀疑自己的创造力而深受困扰，他给画家朋友皮埃尔·博纳尔写信道：“我被某种传统元素麻痹了，我本想在绘画中表达我自己，但它阻碍了我。”① 他很快就克服了自己的焦虑情绪，但这里重要的是他对绝对艺术 20

* 人们可以区分“好的”或“坏的”主观性，正如医生区分血液中“好的”或“坏的”胆固醇一样。

自主权的信赖与渴望，而所有值得他注意的指引全都来自内心。随着时间的推移和现代艺术的传播，这种对艺术自主权的主张也逐渐主宰了文化消费群体。艺术家愿意“发自内心地”、自由大胆地演说、绘画与歌唱，而公众也愿意欣赏他们的自我揭露，并为之埋单。

毫无疑问，自我探索古已有之，它并不是打破常规的新发明。从柏拉图到奥古斯丁，从蒙田到莎士比亚和帕斯卡，(更重要的是)从卢梭到浪漫派，数个世纪以来，对人性秘密的探究从未停止，只不过浪漫派将对自我的探索与崇拜提升为一种核心理念。数个世纪以来，为了弄清有罪之人如何见容于上帝，罗马天主教教徒在忏悔室里一次又一次地进行认真的自我探索，是为此做出的最重要的努力。

21 但现代派这一尖锐的探究是为了服务一个特殊且紧迫的目的的。维多利亚时代的现代派超越了前人，他们加大了对男性女性的内心探索，并尽可能地将其转化为一种可靠的训练，即对主观性的客观描绘。*小说家从未像现在这样仔细探究过笔下角色的思想与感情。剧作家把最微妙的心理冲突搬上了舞台。诗人在字斟句酌或甚至只是在思考时，就已然不知不觉地背离了传统的诗歌。绘画抛弃了作为古老特权工具的自然，而在自身中寻找

---

* 我应该指出，和我之前写作的关于19世纪文化的作品一样，我在这项研究中对“维多利亚”一词的使用非常广泛，远远超出了英美世界。

自然。现代样态的音乐则更难为普通听众所欣赏。

重要的是，在19世纪80年代，尼采想让大家知道，心理学作为“科学的女王，而其他科学则为其服务和准备而存在”[2]的时代再次到来了。这标志着19世纪的文化是多么具有广度，它以同样的热情扩展至外部世界（自然科学）及其主观推论（心灵科学）。事实上，物理学、化学与天文学的学科势力实在太庞大了，那些与之相反、更喜欢从文明表面挖掘出行为基础的学者都得努力使自己的学科尽可能地科学化。当时，一些极负盛名的心理学家就创建了一种工作环境，他们毫不尴尬地将其称为实验室，其中最著名的就是伟大的威廉·冯特。 22

回想起来，这一行动纲领听起来就像是对弗洛伊德的邀请（其思想赫然耸立于现代世界），邀请他来献身这一高贵的科学，将其作为他一生的使命。表面的巧合容易予人误导：弗洛伊德首次阅读尼采似乎是在1900年左右，当时他的基本思想业已形成。这两位先驱者的洞察力非常相似，却离奇地由各自独立完成，尼采靠的是纯粹的直觉，而弗洛伊德靠的是他称之为自我分析的系统内省。如果说尼采是现代性的哲学家，弗洛伊德就是现代性的心理学家。这两个几乎同时代的人之间的距离，由于弗洛伊德思想受到了各种各样的评价而变得模糊。他的精神分析理论有丰富的思想源头——不仅仅有尼采，还有浪漫主义、卡巴拉（犹太教神秘主义体系）、维也纳对性的虚伪态度（或正好相反，对性的过度关注）。事实上，他的体系源自其实证主义的19世纪人对科学的信心，科学是他要诉诸的最高法庭，这使他比以往的医生更彻底地倾听他的病人。沙发即他的实验室。他在咨询室里所经历的一切也让他更为笃信，心灵是无法免于因果链条的自然的一部分。

根据弗洛伊德的世界观，每个心理事件都必须屈服于世俗的解释，至少原则上如此。精神病患者的疯话、神经症患者的强迫行为以及梦在表面上的荒诞绝伦，必定来自它们无意识的根源。因此，弗洛伊德没有因为对人类非理性的理念化加工而加入神秘主义或唯心论者行列，而是致力于揭示人类非理性冲动的动物性方面。更甚的是，他通过引入前所未有但被认为可控的调查
23 方法，确认自己的精神分析研究达到了科学的高度。他培养病人进行自由联想的技巧，就好比印象派画家将画室移到户外，或现代派作曲家放弃了传统的音调符号。不管对人类本性的理解是对还是错（基本上我相信他是对的），弗洛伊德的观点体现了哈姆生所谓的“客观的主观性”。他的思想营造并促成了社会观念的现代氛围。

现代社会的整个氛围，甚至是其情感氛围都改变了。也就是说，现代主义有一段独特的历史。浪漫主义也是如此。这一点其实早在18世纪晚期就已初现端倪。热烈拥护人类自主性之成

熟的启蒙者（狄德罗与康德）或许可以称得上是最初的真正的现代主义者。自此以后，在接下来的法国大革命及之后几十年的浪漫主义余波里，现代主义的大部分基础得以陆续充实。著名的或谓之臭名昭著的浪漫派为叛逆的不服从定下了基调。拜伦、雪莱和司汤达都表现出了某种放荡不羁的精神。施莱格尔嘲笑中产阶级的婚姻是赝品，而几十年后，马克思和恩格斯则指责这种婚姻只是一桩肮脏的商品交易，是一种更高形式的卖淫而已。

随后，现代世界的好几代人以不减的锐气持续推进着浪漫派对抗中产阶级礼仪的运动。因此，体面的当代人对绘画或戏剧领域的反常规部分感到焦虑，而这一焦虑又因为他们对反中产阶 24
级理想生活的焦虑而得到进一步增强。既撩人又骇人的爱欲举起了颠覆道德的旗帜。而义愤填膺的评论家看到，反抗中产阶级原则的现代主义者过着一种和他们作品一样不正常的，至少是令人反感的生活。毕竟，你指望从艺术家那里得到什么呢？

到了19世纪中叶，即波德莱尔的时代，现代派以叛逆反抗着传统品位，一度迎来了繁荣。福楼拜也在小说和书信中鼓舞艺术家去反抗他和先锋友人称之为庸俗中产阶级的东西。不过直到19世纪80年代，先锋派才开始创作大量的杰作，从那时到20世纪20年代之间的约四十年的时间里，他们的成果引人瞩目。然后，面对着许多不可抗的障碍——失败与迫害固然是具有破坏性的，成功也未尝不是——这一潮流逐渐式微。

在所有这些阶段里，集中于19、20世纪之交的那四十年是现代主义文化之浪漫主义的关键时期。由于这一历史背景，这一时期在这本小书里值得而且也得到了相当多笔墨的论述。这段时期远称不上太平：耸人听闻且令人深感不安的风格转变被我们这个时代的重大灾难（第一次世界大战）所扰乱。这次战争从1914年8月一直持续到1918年11月，尤其在西线持续了长时间的、血腥的僵局。这场战争的爆发、野蛮程度和持续时间之长是如此地令人震惊，甚至连对这场屠杀负主要责任的大国（尤其是
25 奥地利与德国）也一样感到震惊。

当然，与真实冲突造成的伤亡相比，搅动文艺界的文化战役算不了什么。不过，它们也已经足够令人吃惊了：表现主义诗歌、抽象画、难以理解的乐曲、实验戏剧、无情节小说，所有这些结合在一起，在品位上掀起了一场革命。第一次世界大战后，现代艺术家继续着这场革命。但他们并没有当什么事情都没有发生，这怎么可能呢？许多人参加了这场战争，其中有些人还因此精神崩溃，而另一些人则阵亡在战场上。但总的来说，中断的部分在很大程度上得以承继下来。例如，普鲁斯特一如既往延续了自己的风格，只是将战争的元素引入《追忆似水年华》中。贝克曼的油画作品展示了对恐惧与死亡的新认知。战争虽然介入了艺术家的生活，但艺术家也以某种方式让战争为自己所用。

回顾过去，历史学家指出，这一令人震惊的断裂说来也奇

怪，它在不同国家分别产生了不同层面的影响。诚然，在政治、经济、乐观心态以及帝国灭亡方面，战争的影响被证明是不可挽回的。但是比起现代野蛮行为的出现，战争在画布上或文学中的表现显得相对无关紧要：20世纪20年代的先锋派，尽管看上去很有创新精神，但主要收获的还是战前那些年播下的种子，那时美学方面的创新令人应接不暇。每件现代作品，无论出自1900年还是1930年，都伴随着惊心动魄的微型爆炸，令同时代人凝视、着迷或抗拒，而不管这种体验是文明的还是原始的，是真实的还是虚假的，是值得称赞的还是简直不可思议的。一首首现代诗或一曲曲弦乐四重奏就像一次被抓住的机会、一次出击、一记打在 26
易卜生所谓“契约里的大多数”脸上的耳光。

先锋派杰作的地位会随着时间的变化而变化，这一点令这段现代文化史显得尤为有趣。它们常常被创作者所鄙夷且绝不予以采信的经典名录所吸收。随着时间的推移，剧院、博物馆或音乐厅中的愤怒立场逐渐地失去了它们愤怒的力量。1911年，愤怒的芭蕾舞观众破坏了尼金斯基和斯特拉文斯基创作的芭蕾舞剧《春之祭》的首映活动，但随后人们发现，观看这部将激进的舞蹈设计和激进的配乐有力结合到一起的作品实则让人相当愉悦，远不像创作者当初设想的那样具有颠覆性。这是一个明显自相矛盾的事实。现代主义的作品在本质上致力于为人们提供新的冲击，结果却被奉为经典。

毕竟，尽管最典型的现代主义作品（比如阿道夫·路斯在维也纳建造的斯坦纳住宅、奥古斯特·斯特林堡的《一出梦的戏剧》、伊戈尔·斯特拉文斯基的《火鸟组曲》和毕加索的《阿维尼翁的少女》）都是在战前完成的，但是对它们的观看、阅读与倾听的经验仍然是鲜活有力的，仍与当今的高级文化消费群体发生着对话。这些作品和位于毕尔巴鄂的弗兰克·盖里的古根海姆博物馆一样令人惊叹，也一样现代，尽管它们只比后者早了没几年。无论这些早期作品在年代学上有多久远，它们仍然是活生生的文
27 化史的一部分，并在很大程度上赋予那段历史以生命。

那么，我们对现代主义的定义就不仅仅是对传统的惊人突破或对自我的系统性探寻，而是这两者的交缠。对现代主义者而言，内容和风格之间是相互支撑的；创新的"内容"与技术上的"方法"是可以结合在一起的。为了理解高更的《黄色基督》、乔伊斯没有标点的长句、格罗皮乌斯的悬臂式拐角、杜尚蓄着胡须的"蒙娜丽莎"，评论家就必须同时给予所展示的内容与所采用的方法以同等程度的关注。用阿多诺的话来说，现代艺术的内容就在于它的技巧。现代主义作品的新颖性通常就是它们的主题。

也许是尼采最极力地证明了这一有力判断。作为对心灵充满兴趣的热心学生，他不仅宣称有必要在科学的万神殿将心理学

册封为王，他还将自己的文章用作说服他人的工具，用心理学来颠覆以前的思想。他曾说自己是拿着锤子来进行哲学思考的，这是他诸多不幸的自我描述之一，让他有了不恰当的残暴哲学家的名声。如果他承认真正的武器是笔的话，这样的描述会更准确一些，也不会那么具有戏剧性。他的行文充斥着警句、格言、斥责、新词和抒情诗，却很少屈服于哲学家的标准工具——持续的论证。

当尼采竭力用自己的聪明才智、抒情性与热切去抨击其哲 28
学同僚充满学究气、技法繁复的长文时，他的文学手法乃是现代性的付诸行动。在他之前，没有人曾承担这一劳心劳力的工作以净化当代人对道德与宗教根深蒂固的幻想。显然，他发现有力的修辞技巧是必不可少的；他不得不呐喊，否则根本就没有人聆听。其他现代主义者也在各自的实验中突破着各自领域公认的界限。塞尚、斯特林堡、乔伊斯、勋伯格及其他颠覆者纷纷无视各领域神圣的游戏规则。据报道，迪亚吉列夫曾对他的编舞说："请让我大吃一惊！"这是一个很棒的现代口号。

因为19世纪早期的艺术家很少将自己称为浪漫派，所以19世纪中期及之后的继承者几乎从未承认自己是浪漫主义的遗产。事实上，他们在20世纪之前把自己称为"现代派"和"现代主义者"。但历史学家不能忽视他们的过去。他们和浪漫派一样，表现出和“浪漫主义”这一术语所体现的一样的特质，尤其是他们对美学激情之主观本性的论断。通往现代浪漫主义心理学的道路现在打开了。作为现代主义者，他们认为灵感的真正来源纯粹是内在的。现代主义画家不是从自然而是从严格的私人动机上寻找自己的题材。现代主义小说家拒绝了古老的模仿理念（对自然世界的真实模仿），或者对此理念进行了重大的调整。对同样长久以来存在的对自然声音进行自然主义模仿的意愿，现代主义作曲家也一样嗤之以鼻。而现代主义画家在画布上绘制抽象
29 图形，蒙德里安甚至宣称自然是艺术的敌人。于是，现代主义的标准成为一件非常私人化的事情。因此，“为艺术而艺术”（或更有甚者“为艺术家而艺术”）的浪漫派目标，虽很少被提起，却逐渐成为所有艺术家的理念。

那时出现了一些前景可观的方式来定义什么是现代，浪漫主义这一被忽视的术语也得以复兴。但是，在现代派挑起并加剧的冲突中，这些道路从一开始就被另一方——或更准确地说是被其他各方——持续而有意地曲解并蓄意破坏掉了。围绕着主要异见者的生活而形成的一些传言，进一步模糊了实际的情况。19世纪中叶，亨利·米尔热的小说（半个世纪后，它在贾科莫·普契尼描写关于追求艺术的快乐与痛苦的歌剧中获得广泛传播与名不副实的权威）里描绘的那种漫不经心的、浪漫的波希米亚式的穷困生活，与其说是事实，不如说是寓言。到19世纪中

叶，已经很少有画家或作曲家会选择生活在无电梯公寓的五层阁楼里，勉力维持着优雅而身无分文的甜蜜单身生活。事实上这样的人从来就不多，多数先锋艺术家的生活都是舒适的，甚至可以说是很富裕的。激进分子成为食利者，19世纪的先锋作家或作曲家，不管他们一开始是怎样的，最终都成了可靠的公民。现代派如此想要颠覆的体系，竟有如此大的吸纳能力，真是令人印象深刻。

因此，除去少数令人愉悦的例外，在艺术领域为了赢取公众支持而展开的辩论都可说是聋人之间的对话。在这样的争论中，双方所得到的通常只是过度简化的粗劣结论，同时也严重夸大了 30
自己与“敌人”之间的距离。每一个极端的狂热分子都乐于揭露对手之罪恶，并为自己编造神话，以此名义纵容并合理化自己的侵略性行为。先锋派最激越的代言人以专业爱好者的身份出现，而体系却把他们当作吵闹任性的业余爱好者，认为他们的戏剧不值得表演、绘画不值得展出、小说不值得出版。而现代派则乐于通过培养受害者的受虐快感来确认自己的贱民地位。

由此可见，必定是将这些激动人心的战斗口号看得一文不值的历史学家，而不是揭露珍惜传闻的历史学家，才会获得持久的影响力。这一切似乎很简单：对于已成名的艺术家、评论家和观众来说，现代主义者就像是一个由蔑视规则的人或特立独行者组成的联盟，他们聚集到一起，反对悠久高雅文化的可靠真理，通常还反对基督教信仰。从君主到博物馆馆长的高雅文化权威发言人都谴责这些异见人士不够成熟甚至不够道德，是疯子和炸弹投掷手。而他们生活于其中的新浪漫主义氛围，很容易就被忽视了。

在这种不够健康的氛围下，反现代主义者做出的评论往往非常激烈，并固执地拒绝理解现代主义者的立场。但是在创新者中，很少有人仅仅是为了惊世骇俗的需求而对他们的文化提出警告。但还是有创新者致力于创作冒犯性的作品，而公众则承担被冒犯的角色来成全他们。但是当权派对这些冲击显然完全不
31 成比例的反应唤醒了他们。1891年，易卜生的《群鬼》在伦敦首演，评论家们四处散播充满煽动性的作品诨名，并且当他们装腔作势地说出令人不快的斥责之词时，他们显然是非常享受的。诚然，该剧敢于提及不正常的性行为，并且有一位主人公在一次梅毒引发的精神病发作中崩溃，但即使这样，这部剧也不足以被人称为是“令人作呕的呈现”，“一段裸露的下水道”，“令人作呕的未经包扎的伤口”，“公开进行的下流行为”。它也不是“恶心的、几乎令人发指的”不文明例子，它的作者也并非“疯狂、古怪，不只一贯龌龊，还无趣极了”。[3]在这些情感流露中，最让后来的读者震撼的是他们失控的歇斯底里发作，是受到侵犯的公民在面对迄今为止被压制的生活真相时无助的夸张表达。

简而言之，新浪漫派有理由相信他们有一些重要的东西要

表达，而这些东西是当时已成名的艺术家不会说且在实际上也不能说的。哈姆生写作了《饥饿》等小说来抗议心理学意义上肤浅的作品。康定斯基则从画布上逐渐抹除了与自然相关的部分，直至1911年再也找不到自然的踪迹，因为他认为其他画家都没有捕捉到存在的神秘本质。斯特林堡于1887年上演了早期自然主义戏剧《父亲》，一年后又上演了《朱莉小姐》，以此批判性地回应了当时占领着舞台、在性方面谨小慎微的制作精良的传统戏剧。十年后，他又用如《梦的戏剧》这一表现主义案头剧来改变他作为现代主义者的抗议方向。T. S. 艾略特发表了具有挑衅性的诗歌——1917年发表的《普鲁弗洛克的情歌及其他》以及1922年毫无争议的现代主义经典之作《荒原》。如他自己所说，32
这在很大程度上是因为“1909年和1910年的诗歌处境停顿不前，对任何年轻诗人而言这都是难以想象的”。[4]这些“现代派”有防守严密的文化堡垒可资攻击，也可以把对之激烈的背叛当作一种献祭。虽然他们表现轻浮，但他们知道自己正在攻击的是什么。他们是严肃的晚期浪漫派。

对性的坦率——这一直是个敏感话题，且在20世纪总是被顽固的禁忌所限制——并不是唯一容易受到责难的主题。1905年，在巴黎秋季沙龙展上，马蒂斯、德兰、弗拉曼克和其他志同道合的艺术家展出了他们的新近画作。评论家将他们鲜艳、热情的画作斥责为“图像畸变”，因为它们的用色太过张扬。这些画作还让一位评论者联想到“一个刚刚收到颜料盒作为圣诞礼物的孩子的随手涂鸦”。[5]这些艺术家很快被冠以不太亲切的“野兽派”诨名，而他们的自动出局也成了高雅文化争论中的一个比喻。说到童年，就像其他探索自己内心世界的艺术家一样，保罗·克利看到他有趣的作品被这样一种居高临下的态度打发到一边：一个七岁的孩子也可以涂出这样乱七八糟的作品。对那些最坚定地反抗新潮流的人而言，形形色色的浪漫派都只是毫无区别的破坏者，既缺少技巧，也没有什么才华可言。

最犀利的先锋雄辩术则为这些控告添砖加瓦。早在19世纪中叶，法国的现实主义评论家和小说家埃德蒙·杜朗蒂就主张将卢浮宫这一“地下墓穴”焚为平地，印象派画家卡米尔·毕沙罗
33 在随后近二十年的时间里都欣然赞同这一主张。他认为，拆除这些“艺术的坟场”[6]会极大地推动绘画的发展。在他们最不接受妥协的时候，现代主义者拒绝接受任何被保罗·高更暗讽为“美术学院腐朽之吻”[7]的行为。抹除经典的愿望在进步人士的圈子里受到普遍的欢迎。不出所料，好战的未来主义者将之视为更大入侵计划的一部分。“我们要拆除博物馆和图书馆，”菲利波·托马索·马里内蒂在《1909年未来主义最初宣言》中写道，“要与道德主义、女权主义、所有的机会主义以及所有懦弱的功利主义行为作斗争。”[8]可以说，敌意已经酝酿到了最大的程度，就差没有直接付诸行动了。

这种粗暴的对抗状态一直延续到了第一次世界大战之后。1921年，当美国摄影师曼·雷抵达巴黎时，他在自己经常光顾的艺术家咖啡店里吃惊地听到了这种煽动性的言论："很不幸的是，我来到这里时就被先锋运动给缠住了，它鄙视并且想要毁掉博物馆。"[9]然而诡异的是，尽管存在这种挑衅言论，当时的现代画家与雕塑家却正逐渐在他们想要烧毁的博物馆里赢得一些席位。

当时，现代派和他们的对手一样情绪激烈、不够公允。当然他们主要的反派人物是中产阶级，是罗伯特·路易斯·史蒂文森笔下"汗津津的俗人"。[10]这个人或爱开玩笑或让人感到威胁，却显得荒诞或令人忧虑，现代主义者认为这样的人完全不能欣赏原创性创作。与之形成对照的大量明显的证据是，维多利亚时期的作家和之后的现代主义者对靠谱市民的挖苦讽刺随处可见，这种 34
形象出现在戏剧、小说、诗歌、卡通、绘画作品里，并邀请观众对其进行耻笑与嘲讽。

这种猛烈的攻击方式可以追溯至现代革命的浪漫主义时期。19世纪最坚定、最彻底的反中产阶级分子当数福楼拜。他塑造的恶毒的夸张形象，如反复的噩梦般出现在其大量的信件和出版作品中。福楼拜笔下的中产阶级愚蠢、贪婪、自满、讨厌、庸俗，但是他们又是无所不能的。在一封被广泛引用的信件中，福楼拜将自己称作"中产阶级恐惧症患者"，这般通过不经意地引用精神创伤的概念来进行自我描述就更说明问题了。[11]福楼拜对中产阶级的憎恨强烈到只能通过恐惧症的形式表现出来，这导致他无法理性地看清自己所处的社会本来的样子。他对自己厌恶的中产阶级的描述，是一种不分青红皂白的诽谤，既缺少社会学意义上的特殊性，也缺少相应的任何可靠的实质性。工人、农民、银行家、商人、政治家，都可以被福楼拜归入他讨厌的夸张形象中，只有由作家和艺术家组成的精英圈子，也就是他的朋友们被排除在外。不加批判地采信这类证据，已经几乎不可救药地扭曲了现代性的历史。

除了左拉等少数人以外，福楼拜对他所处时代的那些受人尊敬的公民的恶意无人能及，但他的口吻被浪漫派继承了下来，这令他们在面对反对者时，难免会因为防御过当而无视对方的旨趣所在。在骂人方面，20世纪的现代主义者并不比19世纪的改
35 进了多少。1920年，意大利的马里奥·西罗尼，这个很快就会成为法西斯主义可靠支持者的现代主义画家，画了一幅荒凉城市景观的插画。在这幅插画里，三个阴险的家伙潜伏在一个角落里，一个拿着手枪，一个手持刀具，明显在等着袭击正朝他们走来但毫不知情的体面人物。这幅画的标题是《反对鲍格才》。[12]没有证据表明罗西尼会对准备袭击受害者的暴徒表示哪怕一丁点的反对。

这种敌意一直延续到现代主义日渐式微的时期。令人震惊的是，这几十年间现代派对普通中产阶级的憎恨几乎毫无改变。

别出心裁的先锋雕塑家克拉斯·欧登伯格有诸多讨喜的表达愤慨的作品，其中有一件很有名：一支巨大的红色唇膏直立于一辆坦克顶部。*1960年，他赋予了公众一个可疑的名声，认为他们只是在玩弄具有攻击性的新奇事物："中产阶级的诡计是，他们希望时不时地被扰动一下；他们喜欢那样，随后又把你封存起来，这一下结束了，他们准备好迎接下一个扰动了。"对中产阶级中反复出现这一文化危机的令人绝望的评估，只会加深欧登伯格对"将感性提升到中产阶级价值之上"的渴望，而这一提升将"恢复宇宙固有的魅力"。[13]这是一个具有指导性的控诉：欧登伯格认可浪漫主义，那种比一个半世纪前的还要更世俗而虔诚的浪漫主义，认为中产阶级秩序夺走了世界的魅力，而恢复这一魅力乃是有识之士最重要的责任。 36

新浪漫派总是朝着对手大肆谩骂，这掩盖了一个事实：他们自己的阵营并不比他们的对手更加团结。然而在自我批评的时刻，他们中的一些人意识到，他们自诩的个人主义或许可以使他们从历史的重负、时代的粗鄙和强权的压制中解脱出来，却很容易因为对友谊与认同的渴望而妥协。20世纪60年代，杰出的美国评论家哈罗德·罗森堡在回顾往事时，粗暴地将这批异端刻画

* 如今这件富有想象力的雕塑被展示在耶鲁一所寄宿制学院的庭院中。

为“一群有独立思想的团伙”。[14]《纽约客》的一幅经典漫画也表达了同样的观点：一个画家的工作室里挂满了许多杂乱无章的抽象画，一个女人在严词责备这位积压了很多作品的画家：“你一定要搞得和大家一样，做一个另类分子吗？”

先锋者内部及之间的冲突与他们的和谐一样，非常具有代表性。保罗·高更抱怨道，印象派画家是视觉可能性的奴隶；奥古斯特·斯特林堡讨厌易卜生的戏剧；蒙德里安对于毕加索未能从立体主义“进步”到抽象主义而感到失望；弗吉尼亚·伍尔夫对乔伊斯的小说持强烈的保留意见；库尔特·威尔对埃里希·科恩戈尔德的作曲有过非常尖刻的评论。[15]萨瓦尔多·达利用他怪诞的、常常令人反感的超现实主义油画来令观众大吃一惊，但他同样也急于用自己的声明来实现同样的目的——对他所有的现代竞争对手表示反对。他告诉世人，他注定要“把绘画从
37 现代艺术的空白中拯救出来”。[16]如果说现代派憎恨和鄙视中产阶级的话，他们也同样憎恨和鄙视他们的现代派同道，或至少会认为他们缺少审美鉴赏力。

更令人吃惊的是，有些具有影响力的现代派（当然不包括福楼拜）从一开始就认真地尝试与拥有传统品味的人和平共处。这些努力相当有趣，虽不如耸人听闻的对抗那样广为人知。夏尔·波德莱尔是文学史上不可或缺的诗人，也是一位精力充沛、极富原创性的艺术评论家，他在回顾1846年的巴黎沙龙展时，对

中产阶级进行了专门的观察。他写道，在他的国家里，中产阶级事实上是最至高无上的，是画家、诗人和作曲家最可靠的资源，因为正是这些中产阶级创办了伟大的画廊、艺术博物馆和交响乐团。他毫无反讽地断言，他那个时代的中产阶级是“艺术家天然的朋友”。[17]这种反现代主义有时有着深刻的个人或政治的根源，而非美学根源。1945年，意大利重要的“形而上画家”乔治·德·基里科公然抨击塞尚的一幅风景画“丑陋、发育不良、幼稚”，而马蒂斯和毕加索则被称为“伪画家”，用他们的“拙劣画技和愚蠢”将巴黎学派带向陈腐与混乱。但在基里科职业生涯早期声名鹊起之时，即第一次世界大战之前，他是非常仰慕印象派和塞尚的。[18]他们总不能都是平庸之辈吧。

距波德莱尔半个多世纪之后，纪尧姆·阿波利奈尔以同样的精神，动情地甚至有些可怜地吁请中产阶级读者的慷慨与大度。他恳求他们认识到，先锋派作家对中产阶级读者是充满善意的，
一心只为了带他们去看关于美与深刻的迄今为止尚未被了解过 38
的风景。“我们不是你们的敌人：我们想给你们提供广阔而陌生的领域；在那里，花的秘密会为那些愿意采摘它的人而敞开。”[19]相当令人吃惊的是，他渴望从他们那儿得到同情。

现在我们可以看到一幅详尽的现代文化地图了，它看起来臃肿不堪，记号之间纵横交错，就像尼罗河三角洲一样。不过，正

如我已经说过的，如果说有什么能把各种政治派别和审美偏好的现代主义者统一起来的话，那就是他们与被他们谴责为无趣、拜物、令人窒息的体系所进行的战争。敌人就在那里。正如大多数历史书所描绘的一样，在战斗最激烈的时期与后来相对平静的时期，看起来轮廓分明的新与旧之间的战争，实际上是以一系列错综复杂的小规模游击战的形式得以呈现的，中间间或有休战，也不时因前线的变化而趋于模糊。在所有的归纳总结中，简洁有力的“存在着敌人”这一事实看起来似乎是最靠得住的。当然，把倾心于传统思想的人看作不可调和的对手是值得称道的。但是，就像所有关于文化史的笼统陈述一样，这也必须为例外留出空间，至少是需要调整的。

这种被心理学家称为基于微小差异的自恋主义，可能会促使现代主义者更加猛烈地抨击他们的盟友，比起抨击他们认为最愚蠢的中产阶级有过之而无不及。而有些人则沉浸在自己的创作激情中，根本对对抗不感兴趣。前卫的神秘主义者（我想到了瓦西里·康定斯基）的作品则服从内心的指示，服从秘密的、不
39 可思议的灵感，而这些灵感和更好的品位并没有什么关系，更别说与激励许多跟随者的政治改革有什么关系了。这方面有个非常典型的例子，当易卜生坚决否认自己是女权主义者之后，他那些激进的崇拜者对此感到非常失望。

由此而见，有些杰出的作家或作曲家在当时的真实地位其

实是难以确定的，即使到现在依然如此。以法国小说家及文学评论家泰奥菲尔·戈蒂耶为例，他当时被低估为一个精于技巧但本质浅薄的法国文化记者。毫无疑问他属于新浪漫主义阵营：他蔑视正确的目标，蔑视品位稳妥、胆小如鼠的传统主义者。他拥护与支持正典的小说与诗歌，对崭露头角的原创人才有敏锐的眼光。他对波德莱尔有着近乎盲目的崇拜，预示了他将声名鹊起。在挑剔的同时代人眼中，他的地位也可见一斑。福楼拜称他为自己的朋友，波德莱尔则将《恶之花》献给他，称他是“完美的诗人”及“法国文学的完美魔术师”。约翰内斯·勃拉姆斯则是另一个例子。如今他已去世一个多世纪，但他的音乐仍稳稳地留在经典之列。不过当时，在许多听众看来，他只是大师舒曼的拙劣
模仿者，并试图通过大量的伴奏与讨人嫌的旋律来超过舒曼。*他 40
被视为一个非原创且不守规矩的当权派追随者。当时似乎再明显不过，如果说他的劲敌理查德·瓦格纳声称要创作未来的音乐，那么勃拉姆斯就仍深陷在过去的音乐中。** 不过，那个时代最有鉴别力的听众仍能发现，勃拉姆斯的作品不仅优美而且还很艰涩

* 说到勃拉姆斯的第一钢琴协奏曲，它在当时并不成功。一位评论家如此抱怨道：“勃拉姆斯先生故意把协奏曲的主奏部分弄得尽可能无趣，他没有对乐器进行有效的处理，没有新奇或巧妙的段落，不管有什么可能有效果的声音出现，都立即就被管弦乐厚重的外壳给压碎与窒息了。” *A Brahms Reader*, ed. Michael Musgrave (New Haven, 2000), 218.

** “如果勃拉姆斯来了，请从这里离开”——这是工人们在音乐厅的防火门上竖起的标语（这个故事在伦敦、维也纳和莫斯科都有流传，虽然没有确切的文字记录），据说这是为了抗议他传统主义的无聊音乐。

大胆——总之挺现代的。在20世纪40年代，现代主义作曲家中
最强硬的阿诺德·勋伯格称赞勃拉姆斯是一位彻头彻尾的创新
41 者，这很有启发意义。

第三章　作为教育者的中间商

现代文化的生产者与消费者很少在没有中间商的情况下进行面对面的交易。经纪人将小提琴家和女高音歌手从这个音乐厅护送到那个音乐厅，艺术品经销商试图说服有购买欲望的客户购入这幅或那幅他们正在销售的作品，戏剧与歌剧的出品人用新的作曲和文学形式来吸引观众，文学与艺术评论家尽可能地以权威口吻来表达自己的观点。他们，也包括其他文化的中间商，共同介入了品位的制造，回应着艺术、音乐及文学爱好者的需求，而这些爱好者中有很多是文化市场的新人，他们借此克服了简单的娱乐化，学会了欣赏复杂、艰涩、打破常规的作品。 43

当然，这样的中间商已经存在了好几个世纪，只是到了维多利亚时代，他们的影响力大大扩张，并最终发展成为一个行业。艺术品拍卖早在16世纪就出现了，艺术品经销商出现于17世纪，经纪人为作曲家和表演者安排音乐会的做法则出现于18世纪，与此同时，也出现了书籍、演奏会和展览的评论家。尽管如此，直到中产阶级在19世纪出现惊人的新繁荣，艺术的公共市场才彻底改头换面，从此不再是受贵族与命令所委托的了。

及至维多利亚时代，这些中间商已经积累了足够的影响力来引导和创造需求。1870年左右，仅在巴黎就有一百多名艺术品经销商。由于收藏画作的前提是随时可以变现，于是收藏史不可逆转地与日渐成熟的资本主义交织在一起：一旦普通公民开始充当收藏者角色，画作就比以往任何时候都更是一种商品。* 这种商业活动可以是一项教育事业，而且在19世纪通常就是一种公民教育。如果我们需要证明亚当·斯密著名的资本主义之“看不见的手”——利己的商人不受阻碍的（及合法的）活动恰好会为社会带来意想不到的利益，那这就是很好的例子：文化商人
44 提供和销售艺术产品，无论它们是歌剧、绘画还是诗歌，都同时促进了消费大众的审美修养。如果没有市场的这些帮助，现代艺术可能至今仍是少数富有而古怪的业余爱好者的专属领域，而不会膨胀为势不可挡的雪崩，进而迫使品位发生根本性变化。

当然，很多时候文化中那只看不见的商业之手，根本说不上是提升了大众的品位，充其量只是将其拉平。艺术商人、书商、音乐会经理都承受着压力，他们要给市场提供显而易见地被需要的

* 但是现在非常流行的丑陋术语“商品化”，并不能传达出交易商与买家之间交易的复杂性；这个术语忽视了买家并完全拒绝相信买家的审美——这是一种严格来说并非商业的激情。

商品，而不是费心费力去培养市场，令其能够识别并鄙视那些易于消化的肤浅满足。高雅文化的推手几乎毫不怀疑纯粹的消遣比复杂、深刻且高要求的工作容易处理得多。因此，有太多的主办方将多愁善感包装为一种深刻的情感，或者将廉价的媚俗当成大家天然的偏好。他们寄希望于部分潜在客户在美学方面表现出某种懒惰，这种懒惰在那些不够精通音乐或文学创作的微妙之处的人那里是完全可以理解的。要给予他们相应的关注实在是太累了。

不过，音乐会经理、画廊老板或博物馆馆长在努力提供愉悦时做出的简单选择，并不总是出于纯粹的犬儒主义。在生产者和消费者之间的中间商本身并不必然就是有先锋品位的人，他们完全可以将自己的现代灵魂出卖给迫切的当权派或阔绰的暴发户。然而这并不是故事的全貌。在一个现代艺术开始扎根的社会里，越来越多的潜在观众开始寻求进步的艺术指导，尤其是当它与他 45
们从小到大所听到的老生常谈相矛盾的时候。因此，文化企业家完全可以充当公众的指导者，这在多数时候是一件好事。资本家一个经常被人遗忘的角色正是教育者。

纽约的诺德勒与巴黎的杜朗-卢埃尔是两家重要的画商，它们可能在现代主义史上留下了错综复杂的一笔。诺德勒是一家成立于1846年的家族企业，多年来不断扩张，不止一次从曼哈顿市中心搬到其他更豪华的大厦中去。到1895年，它先是在巴黎，然后在伦敦开设了分支机构，但画商并没有做出努力来跟上不断变化的品位。那些成为其常客的美国富豪——约翰·雅各布·阿斯特、科里斯·D. 亨廷顿、J. P. 摩根、H. O. 海梅维尔——强烈地支持其保守倾向。几十年来，它真正值钱的商品都是古典绘画大师的作品。在19世纪70年代，如果说诺德勒为一幅梅索里埃的作品向威廉·H. 范德比尔特收取16 000美元的话，它为了一幅拉斐尔的《圣母像》则要向安德鲁·梅隆索价100万美元。诺德勒家族成员也并非全然无视现代风格的画家，他们在墙上挂着巴比松派画家朴素而迷人的风景画，还有一些在世的美国画家的作品。但要购买马奈和塞尚的作品，美国收藏家就只能去别的地方找了。

他们不得不去保罗·杜朗-卢埃尔的画廊。这位商界海盗会一次性买下一屋子的画作，或者答应买下某位心仪画家的全部作品。他曾在1873年突袭了马奈的画室，花35 000法郎就拿
46 下了23幅马奈的作品。这对他而言简直获利丰厚，因为他后来将每幅画卖到了4 000至20 000法郎。自1881年起，杜朗-卢埃尔签下合同买断了毕沙罗将来创作的所有作品，这令他几乎垄断了这一整类的现代作品。当时，毕沙罗的一幅油画售价约300法郎，而他后来净赚了10倍还不止。他是一个有远见的投机者。他说，他最中意的画家（主要是印象派）“值得被列入最美丽的藏品”。在一个守旧派品位承受着巨大压力但仍有其信徒的世界

里，艺术品经销商随处可见。[*]

因此，从老生常谈中产生出的现代取向是如此难以预测，原因就在于控制艺术的社会机构本身往往难以预测。我们知道，在那些信奉沙龙美学的稳健事业的人中，最引人注目的是艺术学院——保守主义的大本营。从现代派的角度来看，这并非全是坏事：现代主义源自不满，且需要这种不满为自己提供刺激。那些有天赋的、精力充沛的年轻艺术家在令人窒息的学院氛围中所感受到的正是这种不满。他们专注于倾听自己内在的创作欲望。他们觉得学院无可救药。他们的解决方案是创造出能丰富和复杂化这一文化景观的一群先锋和反学院者。 47

另一个强有力的艺术引导机制是批评家机制，其引导目标是文化的消费者而非生产者。与艺术经纪人和剧院经理相比，批评家机制与艺术之间的关系更为暧昧。1889年，设在伦敦的《音乐时代》指出：“有一部分读者的思维是缺乏决断的，他们要么是不愿意形成自己的一番见解要么就是对此无能为力。对他们而言，任何有权威来源的陈述都具有令人信服的力量。”[①]不幸的是，很多有号召力的消息来源所具有的权威性并没有他们所宣称的那么高。

尤其在19世纪中叶的法国，随着大发行量的日报获得了越

---

* 有趣的是，杜朗-卢埃尔虽在艺术品位上是最激进的现代主义者，但他在宗教与政治问题上是一个强劲的反动派，一个虔诚的天主教徒及忠诚的君主主义者。

来越多读者的青睐，文学新闻类副刊就被唯利是图和毫无立场可言的老油条占领了。编辑让他们写什么，或者他们所要报道的艺术家贿赂他们写什么，他们就写什么。巴尔扎克在作品《幻灭》中对19世纪40年代无良文人的描述，虽然采用的是漫画手法，但也仅是轻微的夸张而已。这些平庸的专职选手只对平庸之辈言说，并且制造出更多的平庸之辈。先锋艺术家既没有钱也没有意愿去争取这些老油条。

与公众不可救药的无知或评判家的素养缺失相比，腐败只是一个相对较小的挑战。1891年，亨利·詹姆斯哀叹，那些完全没有资格就当代小说、诗歌、音乐或绘画等神圣领域发表言论的写作者，却引发了没完没了的文学饶舌。他非常激动地写道，维
48 多利亚时代印刷物上激增的观点简直是“一场灾难”，它们“没有辨识度，没有风格，没有知识，没有思想”。[2]这种口径有点过于严肃了。毕竟，从威廉·哈兹里特到萧伯纳及詹姆斯本人，这个世纪不乏拥有洞察力的评论家。法国艺术评论家泰奥菲尔·托赫就发现了17世纪荷兰最伟大的画家之一扬·维米尔。这些记者都在杰出的专业机构里工作，这些专业机构也产出了能写出见多识广的评论的评论家，也产出了像特奥多尔·冯塔纳和奥斯卡·王尔德那样的作家，像赫克托·柏辽兹与罗伯特·舒曼那样的作曲家，像夏尔·波德莱尔和泰奥菲尔·戈蒂耶那样的诗人，以及像詹姆斯·麦克尼尔·惠斯勒与马克斯·利伯曼那样的

画家。这些人都没有否认新的人才，也没有抵制变革，而是强烈地支持以上两者。

但是无论批评家的才学多么广博、共情能力多么敏锐，也不能保证他们会接受现代主义的试验。即使作为文人当中的佼佼者，也难免会在不同的领域出现盲点。夏尔·奥古斯丁·圣伯夫也许是最受人尊敬的文学评论家，几乎所有受过教育的法国读者都将其视为自己的引路人，但即使是他也未能赏识出一些被读者视为现代文学先驱的新秀。1857年，福楼拜的《包法利夫人》出版不久，他就对其大加赞赏，流露出他对于一个非传统的当代大师敏锐的殷切之情。不过，后来有其他评论家——其中最著名的当数马塞尔·普鲁斯特——发现，他因过于偏重历史与传记意义上的评判而不能识别出他那个时代的革新者。确实，圣伯夫对波
德莱尔评价很高，但似乎还不够高，就记录来看，他对其他现代派 49
圈外人的评价并不怎么样。简而言之，现代派虽然在一定程度上通过对抗评论家来为自己寻找出路，但那些评论家所释放的善意本来是为他们所看重的。

19世纪见证了其他新的权力人物的崛起，博物馆馆长的支持被很多先锋艺术家（除了那些想烧毁博物馆的）看得非常重要，而他们的反对对艺术家而言则无异于对其事业的毁灭性打击。维多利亚时代是各个文明国家纷纷创建自己博物馆的时代，

被选为馆长的人则占据了战略性的位置。这个位置既是战略性的又是毫无掩护的：他们不得不在董事会或好事的统治者与热爱艺术的大众之间周旋。因此对他们而言尤为重要的是得有一套既灵活又坚定的复杂行为准则，这甚至比学术还重要。他们是在实验位置上的文化外交官，是为公众利益与公众资金服务的艺术收藏家。这意味着他们必须培养出一种不卑不亢的逢迎能力。在19世纪所有的博物馆馆长中，最擅长此道的当数1886年开始掌管汉堡艺术博物馆的馆长阿尔弗雷德·利希沃克了。

1891年，利希沃克委托马克斯·利伯曼为汉堡市市长卡尔·彼得森画了一幅真人大小的全身像，以此为新画展“来自汉堡的画集”举行开幕式做准备。这是一个冒险的举动：彼得森白
50 发苍苍、英俊优雅，过着相当有尊严的老年生活，属于当地老派的精英人物，并不热衷于艺术实验。而利伯曼这位以智慧著称的柏林人在当时虽是德国最著名的画家之一，却背负着反传统的污名。他本身是个犹太人，这一点自然也对其名声毫无助益。但更重要的是，他的诽谤者怒斥他捍卫的乃是艺术中的丑陋。

利伯曼庞大而热情的客户群体（包括利希沃克）并不同意以上评判。在题材的选择上，利伯曼以群体场景画闻名——如情感疏离的阿姆斯特丹孤儿院的孩子们；但他也同时以肖像画闻名，主要对象是杰出的专业人士。他在同时代法国与17世纪荷兰艺

术家的影响下打磨着自己的风格。他的两位精神导师分别是西奥多·卢梭和弗朗兹·哈尔斯，他每年都会去荷兰和法国参观与重温这两位的画作。在彼得森委托案前的那二十年里，当时生活在慕尼黑的利伯曼曾经有两次获得了大众的广泛关注。他曾在一所教堂画过一幅现实主义风格的12岁大的耶稣，由于没有将教士理想化，也因此没有将救世主的形象理想化，这幅不够体面的画像引起了一场令人不安的争论，其中就包括在巴伐利亚州议会上被人恶语相向。此外，他还曾以3 000马克卖出过巨型油画《拔鹅毛的妇女》，画的是一群在谷仓中给鹅拔毛的妇女。3 000马克在当时是一笔不小的数目，相当于一个熟练匠人两年的收入。从那时起，他的调色板明亮了起来，逐渐趋向于通过印象派的眼睛来打量这个世界。

不过，利希沃克认为他可以在利伯曼这里碰碰运气。他见过
他，也喜欢他，拜访过他还与他通过信，两年前还为艺术展购买过 51
他的一幅画。作为一名有既定品位且知识渊博的艺术史家，利希沃克可谓是博物馆馆长之典范。他工作努力，且总能很好地满足他的上级和博物馆访客的需求。正如他的继任者古斯塔夫·泡利所说：“他是一个才华横溢的伙伴，以其坦率与谨慎的复合型性格（这是罕见的幸运）赢得了人心。”泡利还补充道，“他将自己的生活变成了一件艺术品”[③]，这也是他曾对奥斯卡·王尔德说过的话。

这番话有点过誉了。不过，人们确实可以公正地说，利希沃克把艺术展馆变成了一所艺术消费者的学堂，充分运用了自己的天赋来为新事物服务。在1903年名为《博物馆作为教育机构》的演讲中，他提出了一个令现代派欢欣鼓舞的观点："只要博物馆没有僵化，它们就必须转变自己。每代人都会向它们提出新的任务，要求它们实现新的成就。"[4]若是从一位博物馆馆长那儿读到如此思虑周全的话，艺术革新者可能都会认为保全自己的风格是一件好事。

利希沃克的成功表明，尽管存在着等级制度，但德国社会（当然是指汉堡的社会）仍然存在着足够的通道允许特定的圈外人进入。利希沃克于1852年出生在汉堡的一个边远农村，其父亲是一位贫穷的磨坊主，他童年的大部分时间都是在城市度过的，因此意识到自己的贫穷并下定决心要摆脱它。他的聪明才智，加上在心中挥之不去的摆脱贫穷的野心，使他成了一名教师。他在快30岁的时候才终于上了大学并成为柏林博物馆的一名学
52 徒，一跃进入了行政部门。34岁时，他被任命为汉堡艺术博物馆馆长，这满足了他最大的愿望：使他从一个社会的局外人变成了圈内人士。他在这个职位上一直工作到1914年离世。

如果有人能说服汉堡的精英相信利伯曼，那这个人必定非利希沃克莫属了。但事实证明，彼得森委托案出现的问题比他预期的要多。彼得森讨厌这幅画像，并贬斥其没有品位、过于随意，

简直是一幅漫画。如果这是一个试验，那这个试验显然失败了。市长的同僚也不敢反对市长的意见。这一强烈的反应令利希沃克开始行使他作为外交官的一面。为了降低争论热度而又不至于放弃这幅画，利希沃克直到1894年才展出这幅画，且挂在了窗帘后面。直到1905年，他才敢将这幅肖像画公开展出。换句话说，他是一个现实主义者。至少他为艺术博物馆保存下了一幅重要的肖像作品。

他可能还为自己保住了工作，这对他而言意义重大。他曾经是一名教师，而现在他的教育工作遍及整座城市，如果算上他的著作的话，全国人民都在接受他的教诲。他善于写作，并抓住一切机会出版自己所写的东西。他兴趣广泛，所写的东西涉猎极广：室内装潢、园林、原始艺术、被忽视的本土画家、摄影、家具、艺术教育以及绘画。他相信好的品位远不局限于诗歌或绘画中，而是一种无处不在的品质，可以表现为对房屋的建造、对花园的规划、对一张桌子的陈设的见解。

这些对品位的细枝末节的探索深深地契合他身上作为教育家的重要特质。他深信，当代德国非常悲哀，缺乏更为精细的美 53
感。博物馆也并没有缓和这一情形。他们现在展出的艺术只是一种展览艺术，是“一种没有归宿、没有连接的艺术，只想要引起某种转瞬即逝的效果”。[5]这是一位具有传统感的现代人，从某种意义上说他是先锋派人士所能期待的最有用的盟友，因为他可以毫无隔阂地与保守派人士对话。他写道，不仅仅是汉堡，这整个国家都必须学会在艺术中建立某些文化习惯，如果缺少这样的艺术，那就必须创造它们。“若非如此，我们必不能抵达文明之境。”[6]

利希沃克认为，这些就是赤裸裸的现实。但这一现实绝非人们绝望的理由，而应当是对行动的号召。追求一种业已消亡的纯正高雅文化是对时间与精力的浪费。只有明智地去看谁需要教育，有多迫切以及在哪些方面需要，才能对此有所改善。利希沃克之所以要花那么多宝贵的时间来观察和反思消费艺术的公众及其消费方式，原因就在于此。我们已经看到，他对公众的分类表明，真正的艺术爱好者数量极少且远非占主导地位。自1881年始，他就对此深感惋惜。十七年以后，他不再抱乐观的态度。如果硬要说有什么改变的话，那就是德国的中产阶级让他更加沮丧了。1898年，他写道：“从艺术与艺术家的立场来看，不管是谁都不会喜欢中产阶级。中产阶级就是具有所有这类令人讨厌的特点的暴发户，因为一点成功就趾高气扬，固执而傲慢，是所有艺术界独立人士不共戴天的敌人，是庇护和支持所有助长其虚荣心与狭隘观点的人。”这样的人对艺术没有发自内心的欲望，
54 而且尤为可悲的是，他们成功地将建筑、装饰艺术与绘画拉到了自己的低等水平。在19、20世纪之交，只要是与大众消费者打过照面且反感传统的现代艺术家，恐怕都很难对这一严厉的裁决提

出什么异议。

作为汉堡市最重要的艺术教导者，利希沃克最喜欢的讲台自然是他的艺术博物馆。他迫于回应反对的声音，会采取尽可能大胆的行为，但也会尽可能地保持谨慎。部分基于战略的考虑，他的品位通常是多元的：他是汉堡忠诚的儿子，一个爱国的德国人，一个世界主义的现代主义者。奉行这一勤勉的折中主义的他会赞助当地被遗忘的画家开办展览（他最持续的有学术造诣的事业乃是厚厚两卷本对汉堡肖像画的研究著作）；会重新发现当时几乎不为人知而现在备受推崇的德国浪漫派，如菲利普·奥托·朗格和卡斯帕·大卫·弗里德里希；会向德国博物馆推介之前很少被提及的最新法国画家。他是第一个把库尔贝、马奈、莫奈、西斯莱和雷诺阿加入艺术馆收藏的博物馆馆长。这就是作为现代主义推动者的具体含义。

值得注意的是，利希沃克只会购买一幅（至多两幅）这类先锋艺术家的作品，相比之下，如果是利希曼的作品他则会购入很多。虽然利希曼被讥笑为印象主义，但他至少是一名德国的印象派画家。他只向现代派打开了一条门缝，明确地拒绝其大量涌入，尤其当时的现代派买家主要是外国人（甚至更令人郁闷的是还主要是法国人）。不过，他的心却始终和那些抵制学院派的海
盗在一起。 55

事实上，没什么比参观印象派的作品更让他高兴了。1899

年，他拜访了最受印象派喜爱的代理商杜朗–卢埃尔，在那里他对展出的西斯莱、雷诺阿和毕沙罗的作品重新燃起了热情。他向管理艺术馆的监督委员会汇报说，这是“人们能看到的最有趣的展览之一”。[7]这场展览是免费的，但即便如此仍游客寥寥。杜朗–卢埃尔告诉他，如果收费的话就更没人会来了。“公众反对一切美好的事物。”[8]显然，法国人也需要学习如何观摩艺术；巴黎大众比德国大众只是少那么一点保守心态罢了。但这不包括利希沃克。他惊叹道，莫奈“总是一样又总是不一样，虽誓要忠于同一法则，但每幅画都总是同样优秀且有所进步”。他们或许会嘲笑他与他的同僚，但他们“仍将是伟大的幸存者”。[9]他将尽自己的一份力使他的预言成为现实。

利希沃克得到了一些高级别同行的支持，这使他对新事物（不论其源自何处）的品位更加坚定。他的柏林同行、国家美术馆馆长雨果·冯·楚迪是他的盟友，楚迪特别乐于看他与旧势力抗争，不过也免不了为此有些焦虑。1897年，他写道：“柏林有一个圈子，将国家艺术馆门前的著名铭文‘致德国艺术’视为一种藏品收购方案，不允许他国的艺术品进入。”[10]

他补充道，楚迪的对手在其喋喋不休中采用的两个论据是
56 “爱国主义和对所谓现代的仇恨”。这场论战的要点乃是以上两点的可怕结合，其主要领袖是年老的风景与静物画专家卡尔·舒

奇（他有好几幅画被收入了利希沃克的艺术博物馆）和画家安东·冯·沃纳（当时被誉为德国的杰罗姆，是最重要也是卖价最高的爱国主义场景学院派画家，作品如《一场胜仗》《1871年1月凡尔赛宫之德意志帝国宣言》等，每个出场者都被精心绘制，令人过目不忘）。利希沃克告诉行政委员会："对我们而言，这一争论利益攸关，因为沃纳和舒奇利用汉堡的反动派，试图在我们的小麦中播撒野草。沃纳和舒奇的小册子正数以百计地在汉堡各地分发。"[11]在那些年里，拿起武器的并不仅仅是激进的先锋艺术家。

语言也并不是唯一的武器，金钱同样有效，而且往往更为有效。在利希沃克主持艺术博物馆的那四分之一个世纪里，博物馆管理者之间常常发出如下哀叹：挥霍而贪婪的美国收藏家不仅抬高了伦勃朗和其他传统大师作品的价格，也抬高了现代艺术的价格。或许的确如此，但欧洲博物馆馆长在争夺第一流的作品时也和美国人一样绝不手软。当然了，他们不能为了买一幅特别想要且特别昂贵的作品而随意从年度预算中超支，但他们可以调整补助金的比例，或者向财政部门申请特殊收购的资金支持。假如没有私人补贴的话，利希沃克就不会有钱委托利伯曼为汉堡市市
长彼得森画肖像画了。57

因此，当涉及要提高受争议的现代派画家的名誉及身价时，欧洲博物馆馆长是美国收藏家最执着的竞争对手。1912年，利

希沃克像往常一样去巴黎买了一幅雷诺阿的作品，这幅作品栩栩如生、堪称上品——不过在其作品中比较罕见，上面画着一个优雅年轻的巴黎女人穿着全套骑马服，身边还有一个骑着小马的男孩——花了利希沃克9万马克。回想起来，四十年前购买利伯曼的作品只花3 000马克可真是捡便宜了，那时相对而言还没有什么通货膨胀。有现代品位的体系内人士就是这样与作为代理人的中间商联手，在19世纪高雅文化的战场上，令现代艺术成为可
58 替代传统品位的另一种选择。

第四章　为艺术家而艺术

及至1867年波德莱尔去世那年（是时维多利亚女王已在位三十年），剧作家、建筑师、作曲家、诗人、小说家和其他渴望得到社会尊重的高雅文化创造者都已在很大程度上得到了先辈们长期以来所追求的东西。在有些地方，尤其是在中欧与东欧，艺术家还没有完全摆脱仆从的身份；但在西欧与美国，他们可以与中上层阶级或贵族做朋友，也可以与之结婚，他们都极力伸张着自主性及其职业尊严。

这一目标的成功只能从拜伦伯爵和夏多布里昂子爵那样的 59
贵族身上看到，他们并不鄙视写诗或写小说，甚至还能从中获利。德国的一些州也小心翼翼地加入了这场地位革命：歌德和席勒被封为贵族。获封后的歌德仍是一名勤劳的公仆，而席勒则仍是一名大学教授，这一事实并没有对他们社会面貌的改变造成什么损害。但他们获封并不是由于他们严肃的本职工作，而是在很大程度上要归功于他们的文学名望。

立志成为先锋艺术家的那些人，和他们更传统的同事们一样，所需要的不仅仅是名望。他们渴望的是一种意识形态，一种对他们崇高的现代地位的证明。1835年，泰奥菲尔·戈蒂耶的艳情作品《毛萍小姐》的出版令艺术现代地位的合理化取得了极大的进展。23岁的戈蒂耶在小说的开始写了一篇生动的长篇宣言，倡导后来被简洁地称为“为艺术而艺术”之艺术，确切地说应该称之为“为艺术家而艺术”。这一独立宣言的对象是美好事物的制造者，而不只是要欣赏美好事物本身。它拒绝两者之间的传统划分，这种划分将（受到高度赞赏的）艺术与（受到社会鄙夷的）艺术家区别开来。

这种现代主义学说认为，艺术只服务于它自身，而不服务于金钱、上帝、国家、中产阶级的自我美化，当然也不服务于道德的进步。它声称拥有自己的技术与标准，也拥有自己的理想与自
60 足。戈蒂耶这样写道：“我不知道是谁在哪儿说的，‘文学与艺术影响着道德风气’。不管是谁，他无疑是个大傻瓜。”艺术所制造的一切乃是美，“只有美才是生活所必不可少的”。女人的美貌、音乐以及绘画的魅力，只因其无用而有价值。“只有当一个东西没有任何用处时才是真正美丽的。所有有用之物都是丑陋的，因为它是某种需要的表达，人类的需要卑贱而令人恶心，就像人类自身贫瘠而软弱的本性一样。家里最有用的地方是厕所。”[1]他的意思再清楚不过了。

为艺术而艺术，这个主张实在是太直接了，很多前卫的作家与画家都很难全力支持它。然而，反中产阶级与反学院派的艺术家只是乐于利用这一主张的意涵而不必完全赞同其原则，这也是该学说的影响范围比起有限的明确支持者范围要大得多的原因。从柏拉图开始的文化悲观主义者认为，不恰当的诗歌和音乐对道德风俗有不良的影响。而在另一个极端，信仰人性本善的人则情不自禁地寄希望于恰当的诗歌与音乐能够净化人类行为。很多现代异教徒仍保留着一些老派的信念，相信绘画、戏剧、小说有其道德使命。不管艺术家站在哪一边——比如乔伊斯或勋伯格是为了创作本身而创作，而斯特林堡或艾略特则是在强大的社会和宗教信仰的压力下创作——事实上，为艺术而艺术代表了19 61
世纪艺术作品的一个激进主张，也代表了创造者对自主权的伸张：艺术家只对他（她）自己负责，若还有的话也只能是其他艺术家。焦虑的保守派将这种高傲的自我评价斥为现代傲慢的典型症状。*然而，这正是英国最有影响力的美学家沃尔特·佩特（奥斯卡·王尔德的精神导师之一）在他著名的宣言中表达的意思，

---

* 1895年，具有强烈保守倾向且具有极高威望的期刊《边界线》刊登了一篇文章，强烈谴责了“现代学派的主张”，认为“创造性的艺术家就是要高于艺术批评领域。艺术家创造性地往前推进，将新事物摆到我们面前；公众可能不理解他，他所创造的可能不适于评论家的美学话语体系，但他们仍得跟随他……总有一天，他们能对其作品做出评判。总的来说，人们在这方面听到的都是些空洞的话语，那些话语不仅想以外行人的判断来糊弄公众，还想以同样的方式来对付训练有素的美学家”。匿名，《绘画中的精神内容》。

“一切艺术都要不断追求音乐的境界”——艺术的目的乃是艺术。这也正是年轻的阿尔吉侬·斯文伯恩(当时仍是抗议派法国诗歌的狂热信徒)为自己第一部被普遍斥为不道德的诗歌集辩护时所表达的意思。他坚持认为,他的《诗歌与歌谣》(1874)是以自身之纯粹而写就的。“一切就自身来看都是好的。”他的诗句能否“由一个母亲念给自己年幼的女儿听”完全是无关紧要的。简而言之,对艺术的崇拜很快就发展为对艺术家的崇拜。詹
62 姆斯·麦克尼尔·惠斯勒是这场美学运动最尖刻最有才的代言人,他在讲座与名言中给出了这一评价:这是一种崇拜——对自己的崇拜。

这一发展可以在各种现代宣言中追踪到。一个最明白无误的例子来自一群自诩进步的比利时画家的声明,他们经过五年齐心合力的协作,终于在1871年末发行了《自由艺术》杂志,完成了“信仰告白”。这一告白向世界宣告,他们是比利时的文化先锋,代表着“新艺术”,有着“绝对的自由——此自由正是来自现代性及其倾向,来自现代性的特点”。为了对抗保守势力并确保“现代艺术”取得胜利,他们与试图阻止它、忽略它或延缓它的各方力量战斗不止。“我们想要自由的艺术。因此,我们誓死与想要奴役艺术的人斗争到底。”在这一得意扬扬的战争宣言之后,第二期《自由艺术》就提出了一个庄严的议程。“今天,艺术家一如既往地被分成两大阵营:不惜一切代价的保守派,和认为艺术

只有实现自身的转型才能得救的那些人。前者以其独有的传统崇拜为名义谴责后者。”[2]对拥有神圣事业的现代艺术家的认同在此处已经登峰造极了。

及至此时，尽管在贫穷和忽视中挣扎的可悲艺术家形象在现实生活中已经渐渐淡化，但它仍然是小说中熟悉的主题。在文学的想象中，他永远是局外人，永远是当下庸众的受害者，是鼓吹未来少一点商业化的人。巴尔扎克的《无名的杰作》提供了一个范本，书里的艺术家注定无法完成自己的杰作，而这要追溯到
1831年。其后继者之一，即1867年的《玛奈特·萨洛蒙》，则是 63
龚古尔兄弟对这一流派的贡献。这部作品关注艺术家的命运，里面的两位艺术家孜孜以求现代之真理，不过他们必然地失败了。社会太强大、太粗鄙不堪，无法让他们实现自身的理想。有一个艺术家最终妥协了，因他无法维持必要的准宗教苦行生活，也即地道的艺术宗教；另一个艺术家则毁于自己对贪婪堕落的犹太生活方式的迷恋。他们俩都清楚地知道，“传统和古人是沉重地压在我们身上的负担”[3]，也清楚地知道，艺术家要想摆脱它们就得站到中产阶级社会的对立面，因为中产阶级社会无法将华而不实的作品与真正的艺术区别开来。《玛奈特·萨洛蒙》试图记录的是，中产阶级社会常常用虚假和浮华来颠覆真实——这种压力使得这部平庸的、带有倾向性的小说充满了悬念，尽管它更多是一种自怜的表达，而非对一种危险的文化痼疾的明确诊断。

其实，随着对文学、绘画与音乐世界中里程碑式作品的理想化，为艺术而艺术这一原则的温床早在现代主义出现的几十年前就已经培育好了。尽管对艺术家生活的赞颂并不新鲜（最远的话可以念及瓦萨利为文艺复兴时期画家所写的传记），但在浪漫主义时期，这种赞颂带有一种彻头彻尾的崇拜形态，且对象至少
64
是歌德、贝多芬这样的超级名人。这两位大家被推崇为凡间的圣人，与那些肉体凡胎的小艺术家形成了鲜明的对比，他们的财物被后世爱慕者视为圣人遗物。*这一虔敬的词汇值得注意。

贝多芬的形象经由后人的塑造，歌德则不是。如果说歌德成了一个传奇人物的话，那么很大程度上是因为他自己创造了这个神话。他声名显赫且寿命很长，1832年离世时享年82岁。他一生中有大量富有启发性的书信往来，他也在自传体写作中详细地解释了自己，允许（事实上是邀请）读者从他的大量诗歌和散文中得出传记式推论，并乐于接待那些忠实记录他的圣贤宣言的来访者。歌德的传记作者卡尔·艾克曼是他最忠实的记录者，他在1836年和1847年分别出版了两卷与大师的谈话录，有趣的是

* 1855年，爱德华·汉斯立克正逐渐成为维也纳音乐评论界的"沙皇"，这位为免于多愁善感而获得独立与自由而骄傲的男人前去魏玛参观歌德与席勒的故居。席勒故居"一般是可以进去的"，"在那里成千上万的人受到过感动与熏陶，就像置身于教堂中一样"。而在歌德的府邸，只有存放其收藏品、石膏模型与矿石标本的房间是对外开放的。虽然汉斯立克对这种"无礼的贵族特殊化"感到不快，但他还是对大师的珍贵遗物能得到妥善保存而赞叹有加。

这两本书后来还都成了长期的畅销书。

这种虔敬的态度虽然不无争议，但仍贯穿了整个19世纪及之后的一段时间，在各种陈词滥调中占有一席之地。它也有一些不光彩的时刻，比如众人对小提琴大师帕格尼尼这样令人倾倒的偶像的一味奉承与侵略性地好奇，构成了一种更高形式的八卦。65
不过，被认为适用于文学或音乐天才的精神腔调则更为严肃，意义也更加重要。如罗伯特·舒曼这样才华横溢的评论家与专业的音乐家也毫不迟疑地称赞贝多芬，说他是“站在高高的艺术神坛上”担任主持的“高级祭司”。不料，瓦格纳有过之而无不及。他在文章《贝多芬的朝圣之旅》里写道，贝多芬的音乐是一种担保，保证“我的救世主尚在人间”[4]，并毫不迟疑地认为贝多芬正是当代的救世主。这些都是通往艺术家圣化之路上的早期站点，以一种扭曲乃至幼稚的简单与直接为现代性的自信奠定了基础，而这一点对它后来的成功有很大的帮助。

对艺术的崇拜很容易变成对艺术家的崇拜，因为“高级祭司”甚或“救世主”等精神性的词汇在19世纪艺术家及其欣赏者那里被使用得非常普遍。在那个日益后基督教化的时代，无条件献身于更高事物的荣耀感仍旧存在。18世纪末，威廉·布莱克还曾宣言说“基督教就是艺术”[5]，并以此来对抗对金钱的崇拜。

半个世纪后，阿图尔·叔本华以同样的方式谈及知识分子的体面。而在19世纪90年代，德国著名诗人及剧作家里夏德·德梅尔在为一批新教徒说话时坦率地对朋友说："我的艺术就是我的宗教。"[6]这些年里，法国评论家卡米尔·毛克莱尔写了一本书，名叫《音乐的宗教》。1909年，萧伯纳在他的戏剧《医生的困
66 境》中描写了一个反道德的艺术家路易·杜贝达，他在临终前发布了渎神的信仰告白："我信仰米开朗琪罗、委拉斯凯兹、伦勃朗，信仰设计的力量、色彩之神秘、永恒之美对万物的救赎，信仰令双手有福的艺术所传递的信息。阿门。阿门。"[7]萧伯纳小心翼翼地将美与艺术转化为宗教，而福楼拜在一个世纪前就这么做了。毫无疑问，至少对某些人来说，艺术已经成了一种新的宗教，替代了当时正在衰落的基督教信仰。

艺术的宗教并不能声称自己已大获成功，它的言辞显然过于空洞与勉强，然而它在第一次世界大战后仍有零星的捍卫者。1920年，做了墨索里尼多年情妇的意大利著名艺术与文化评论家玛格丽塔·萨法蒂就重新回到古老的浪漫幻想当中。她在法西斯报纸《意大利人民报》上这样写道："生活模仿艺术，艺术家是精神性的先导，他们在不知不觉中决定了普罗大众未来的态度。"[8]艺术家的全能之梦很难去除。

支持为艺术而艺术的先进圈子虽然小，但都狂热而雄辩。及至19世纪下半叶，这句话已经成了美学家最喜欢的口号，而且他

们的着装就像他们的观点一样，往往辨识度很高。在他们最醒目的代表人物中，有一些常常将他们的唯美主义挂在嘴边，尤其是戈蒂耶、斯文伯恩、于斯曼、惠斯勒、波德莱尔和王尔德。王尔德可能是他们当中最奢华的一个，但若以这种时髦的自我展示来定义王尔德，那就太小看他作为文化偶像的重要性了。正如我们将 67
看到的，无忧无虑的王尔德最终成了艺术宗教的殉道者。

王尔德没有开创什么学派，他也不可能那样做，但是也不可能有第二个王尔德。他曾经这样说："唯一值得创建的学派，是没有任何追随者的学派。"[9]他的独创性面向两个方向：既超越了前人，也超越了后来者。当他开始创作，比如写作戏剧时，他首先得释放自我，《认真的重要性》这样的作品也就只有他才能写得出来。当王尔德宣告并实践为艺术而艺术时，他为之发展出了一个令学说的初创者都觉得过于奢华的版本。在他为创造性心灵所做的排序中，批评家的位置比他们所批评的艺术家的位置还高。威廉·巴特勒·叶芝在19世纪80年代后期开始接触王尔德，将他称为"一个实干家，为了即时的效果，夸大了从他的先师们那儿学来的每一个技巧"。[10]这样说有点过于苛刻了，但为了与时俱进，王尔德确实很好战，他的劝说力达到了戈蒂耶或波德莱尔做梦都想不到的程度。他注定要成为一个迟来的浪漫派。虽说他绝不会用这个概念来塑造自身，但他对美的崇尚、对公认的文学规则的无视、对中产阶级的明显蔑视以及目中无人的创新理念，都说明了这一点。浪漫主义在过去的岁月里已历经变幻，现在足以容纳王尔德这样一个怪人，只不过他比前人都更诙谐罢了。

奥斯卡·王尔德出生于1854年的都柏林，父母都来自优越
68 的新教徒中产阶级家庭。他的父亲是一位著名的眼科专家，他的母亲则是一位健谈的诗人，两人都是热忱的爱尔兰爱国者。王尔德在牛津大学莫德林学院大放异彩，轻松拿下罕见的双优，由于在公共休息室的妙语连珠以及在公寓里拥有的精美瓷器而受到称赞。他当时就是一个唯美主义者，从未改变。他的政治意识形态（另类的无政府社会主义）也只是他唯美主义的副产品：他认为废除私有财产和家庭将创造出一种“真正的、美丽的、健康的个人主义”。[11]在英国与美国，他以精心构思的关于装饰艺术与实用家居的讲座迷住了许多专心致志的听众，虽然也有人表示反感。他宣称，他一生的使命就是让世界爱上美。从事宣传工作的现代主义者里没有比奥斯卡·王尔德更有趣的了。

他的私生活也很成功。1882年，他迎娶了一位公认漂亮、聪慧、博学且忠诚的女子为妻。他灵敏的文字游戏与值得引用的发言吸引了很多人。在接下来的那些年里，他凭借敏锐有力的书评和充满战斗力的文学批评，成功地成了一名备受争议者。尽管对《道林·格雷的画像》（1891）持怀疑态度的读者发现了一些反

常的令人困扰的征兆，他们还是认真对待了这个被广泛谈论的暗黑故事。即使在1895年，他声名狼藉地以C.3.3.编号被关进皇家监狱，还是有一些人（尽管是少数几个）仍是他可以依靠的、同情他的朋友。1900年他于巴黎过世，直到谢幕前他都仍是一个唯美主义者，他辛辣的幽默一直延续到生命的尽头。他对最后一个来探访他的人说："我的墙纸与我正在殊死决斗，不是它死就是 69
我亡！"[12]不出所料，他输了。尽管令人心酸的是他也是一个胜利者，为了艺术，他将珍爱的美学理想变成了自己的生活。

王尔德的一生就是与循规蹈矩派不断斗争的一生。他令人钦佩的机智恰恰证实了他彻头彻尾的煽动性。用詹姆斯·乔伊斯的话来说，"流利的悖论修辞"不只是王尔德吸引或保持读者注意力的一种手段，也是他的一种证明方式——以此来证明他同时代大多数人所认为的深刻和真实之物事实上只是肤浅与虚假。王尔德的机智很难模仿，但很容易被解析。他会一次又一次地拿出一个公认的真理、一种陈词滥调或一番老生常谈，然后对此进行反转。举其中一个例子就够了，这例子在王尔德式的警句中被引用得最多。根据艾达·莱弗森（王尔德受审期间最坚定的支持者之一）所言，在谈到《老古玩店》中狄更斯处理小内尔之死的方式时，王尔德对她说，"必得有一副铁石心肠才能读到小内尔之死而不笑出声来"[13]，当下就奚落了以下不言而喻的事实，即狄

更斯的读者本已欣然接受为此垂泪，但王尔德现在为他们提供了
70 另外一个美学上的选项。*

毫无疑问，王尔德的警句要么太轻要么太重，都无法有效地完成他的批评工作。但他对小内尔之死的嘲弄却不仅仅是好玩；它用一句简单的话提出了一些有趣的问题，涉及了社会学、味觉史以及作者与前两者之间的关系。难怪萧伯纳竟将王尔德称为“尼采式人物”，因为尼采的言论也同样令人眼花缭乱，而且像王尔德一样，对永恒真理的论断持怀疑态度。他俩都以各自的方式作为精力充沛的非道德者而存在着，因此都生活在不确定的境遇中。

有时候，王尔德比大多数同时代的现代人更警觉自己身处的敌对环境，这表明他对自己所冒的风险是有所觉察的。1886年，在他牢狱之灾的十年前，他把艺术家的一生比作“漫长而可爱的自杀”⑭，并自称对此结局并不感到遗憾。现在再读这句话，会觉得这是一种漫不经心与庄重肃穆的动人结合，也颇有先见之

* 在一段令人难忘的赞扬想象力的段落中，王尔德用一系列不可思议的悖论来构建他的论点。“许多年轻人在其人生之初都拥有夸张的自然天赋——若得以在友善的环境中被养育，或通过模仿其最好的榜样，或可成长为某种真正伟大和美妙之人物——不过一般来说，他将一事无成。”因为，王尔德继续说道：“他要么养成了粗心大意的习惯，要么频繁出入老年人和博学者的社交场合。这两样对他的想象力都同样致命，因为它们对任何人的想象力都将是致命的。在短期内，他将发展出一种讲真话的畸形而不健康的能力，开始一一核实摆在他面前的所有陈述，毫不犹豫地否定比他小得多的年轻人，最后常常以写小说为业——那种描写栩栩如生却没人会相信其真实性的小说。”

明。然而从表面上看，至少直到1895年春天，王尔德的生活如果说算不上风平浪静的话，也似乎是异常幸运了，没有费什么周折就取得了一系列的成功。早在1881年，在轻歌剧《耐心》中，吉尔伯特和苏利文就将他演绎成一个具有讽刺价值的名人，其中有 71
两个男主人公都是对他的模仿。这种温和的嘲弄在一段时间内保护了他。及至那时，漫画家已将他变成成千上万的报纸与期刊读者消费的独特关注对象，不论在英国和美国都是如此。他穿着古怪的西装，系着奢华的领带，手里抓着一朵百合或倚着一朵向日葵，摆出一副慵懒的姿态。他花了很多宝贵的时间精心打扮自己，并且也同样重视自己的演讲、对理发师的指导、在私人与公共场合的自我介绍。他一度这样写道，“成为一件艺术品是我生活的目标”[15]，他当然相信自己正真诚地追求着这一目标。有一年圣诞节，王尔德与他的家人住在切尔西的一座小房子里，叶芝受邀来共进晚餐，随后他记下了这件事：“我记得在那里，他与美丽的妻子和两个年幼的孩子完美和谐地生活在一起，这一场景不免让人联想到某种深思熟虑的艺术作品。”[16]难怪他写的稿子那么出色，而且与缺少幽默感的先锋艺术家写的稿子相比也更有用。除了人生最后的岁月，他从不反对媒体的报道。这让他成了新闻人物，而新闻正是一个花花公子，一件为艺术而艺术的作品的归属。

不过在他出庭的那几个月时间里，他过去寻求的公众关注变成了一种折磨。王尔德的试验已经被详尽地报道，但它们在现代艺术史上的地位还值得进一步探索。从表面上看——回想起叶芝对完美和谐家庭的印象——他是一个幸福的居家男人，但是在1885年他默许年轻的男学生罗伯特·罗斯来勾引他。从那时
72 起，同性恋的主题就充斥着他的友谊、旅行，甚至写作——虽然是以更微妙的形式。就好像在接受了为艺术而艺术的危险教条之后，他又承担起了第二份负担：不敢直呼其名的爱情。1891年，当时已决心投入这种有罪之爱的他遇到了阿尔弗雷德·道格拉斯勋爵。一年以后，这位勋爵将首创同性恋这一著名定义。就这样，爱，浪漫之爱，以致命的方式进入了他的生活。

王尔德发现，"波西"（他对道格拉斯的昵称）比自己这个情人和受害者要年轻16岁，他一头金发，苍白、瘦弱，是一个不入流的诗人，极其情绪化且难以满足。只要他愿意，他可以变得很有魅力。但很不幸的是，对王尔德而言，他大多数时候都不想变得迷人，而是爱争吵、恶毒、完全以自我为中心、喜怒无常且肆无忌惮地向王尔德索要金钱。虽然王尔德也时不时地被逼得对波西的残忍念头进行反抗，但他还是无可奈何地陷入了爱情。他带着波西去旅行，并且不论在经济上还是在感情上都一次又一次不断付出。

在那个时代，虽然同性恋披着委婉语的面纱，比如"希腊式恋爱"（这一术语本身也是到了1869年才被发明出来），但那个世

纪却在这个问题上大做文章。对同性恋的起源与本质的科学研究或伪装成科学研究的特殊诉求，成了人们共同的追求。在安德烈·纪德这样崇尚真理的狂热分子出现之前，同性恋都是秘密进行的，宗教信仰者或利用它或散播关于它的谣言以打击先锋艺术家，就好像同性恋为新音乐、新诗歌和新剧场带来了某种女人气的东西。新近成立的帝国（1870年的意大利和1871年的德意志）引进了新法条来应对同性恋，而其他国家则修订了旧法案。一些 73
国家将你情我愿的同性行为合法化，而另一些国家也从未阻挡过进步的法令，比如法国就在大革命期间将其从刑法中删除。但在1885年王尔德所在的英国，政府还依据触犯的严重程度加重了对同性恋的刑事处罚。对于“鸡奸”这样的行为，法官可能会判处终身监禁。至少就此而言，王尔德算是幸运的：对他的指控只是相对轻微的“严重猥亵”。

道格拉斯长期与这位著名的情人激烈争吵，但王尔德不肯把他的“金发天使”打发走。他实在太心甘情愿了，任由道格拉斯将他引上了一条放荡之路。他们各自都自由地与他人取乐，且越来越频繁地与那些为了金钱而出卖肉体的年轻人厮混在一起。王尔德每找到一个新伴侣，他被敲诈勒索的风险也随之增加，但他发现无论在伦敦还是阿尔及尔都可以迅速地找到漂亮的男孩子，这一点让人难以抗拒。1895年2月，道格拉斯的父亲昆斯伯里侯爵与儿子闹僵了，强烈反对他对王尔德的爱慕之意，并且在王尔德的俱乐部留下了一张字迹潦草的纸条——“致奥斯卡·王尔德，装腔作势的鸡奸犯（somdomite，应为sodomite）”[17]。王尔德没有被侯爵的拼写错误逗乐，也没能注意到“装腔作势”一词可能会给这个暴躁的贵族一个出气口，他轻率地将他告上了法庭，诉其诽谤。

他不可避免地输掉了官司。关心儿子、渴望保护儿子不受邪恶所影响的父亲形象，以及王尔德沉迷于无聊约会的证据，帮助昆斯伯里赢得了胜利。而且，因为涉及一些知名政治家的声
74 望，当局也觉得有必要对王尔德提起公诉。他的第一次审判以陪审团意见不一致而告终，但在5月底的第二次审判中，陪审团做出判决：王尔德罪名成立。他被判处两年劳役。在短短四个月之间，王尔德突然从伦敦的一名受人尊敬的剧作家沦落成一个被污名化的罪犯。他正大获成功的两部作品很快被撤下了舞台，而他本人则被关进了监狱，这一经历简直要了他的命。就像我之前说过的那样，艺术的宗教也有了它的殉道者。

尽管在第一次审判后，王尔德有很多机会可以逃到国外，但他为什么没有那么做呢？文学史家和传记作家为这个问题苦苦思索了一个世纪。大多数同情他的人（包括萧伯纳、莱弗森夫妇以及他的妻子）都敦促他去海外寻求庇护。他难过而又有点愠怒地拒绝了他们。他采取行动（准确地说是不采取行动）的原因

是复杂的：打算公开伤害父亲并为了自己的俄狄浦斯式愤怒而准备牺牲王尔德的波西，不愿意听到这样的消息；他怀着错位的母性骄傲的母亲也不愿意。一个合理的解释是，他在很大程度上受着无意识的受惩罚的欲望驱使，寻求着一种漫长但远非美好的自杀。但还有另一个可能的动机：王尔德心目中的自我形象乃是对文化精英的英雄式见证者，庸人对此总是无从理解，也无从迫害。

王尔德案更大的意义在于它对现代艺术史的影响。这一审判给作为被告的他造成的损害要大于对福楼拜和波德莱尔的起诉造成的损害。这与德国在1937年作为一项国策而举办的名为“颓废艺术”的纳粹展览相去甚远，但这仍是一个痛苦的时刻。75
绝大多数评论家一直以来持有的观点是：王尔德被定罪的主要策动者和受益人，是那些假正经的、无趣而愤愤不平的中产阶级公众；对于这位自命不凡地嘲笑普罗大众品行与趣味的自称的文化英雄，他们急不可耐地发泄着自己的愤怒。*在理查德·埃尔曼关于王尔德的权威传记中，他说出了一个共识：在审判即将开始之际，“维多利亚时代的人们已准备好了突袭”。[18]

为什么？王尔德毫无疑问是挑衅性的。他树敌不少，尤其

* 这并不是一个新观点。年轻的欧内斯特·纽曼在尚未积累起名望成为一名乐评人的多年以前曾这样说过：威尔斯法官对堕落的被告的公开斥责是“平庸之辈驽钝的怒气”。这一记打在虔诚而伪善的英国人脸上的响亮耳光尤其引人注目，因为它在审判结束仅一周后就出版了。

在那些曾在他的评论讽刺下感到刺痛的文人中间。他充满自信的言论、对悖论的迷恋、别人私下做的事却被他用来炫耀，这些都曾激怒过别人。许多在公共场合见过王尔德的人都有一种深深的、难以言表的焦虑。作为快乐的信徒，王尔德曾经质疑过这些人的品行，而现在他却作为一个被定罪的重刑犯，不得不为此进行辩护。但还不仅如此，其“艺术作为宗教”的事业具有一种十足的冒犯性。英国媒体的反应是发人深省的。大多数有声望的
76 报纸，如《曼切斯特卫报》，对审判的报道都很有限。其他高质量的日报，如《蓓尔美街报》和《伦敦日报》，则将这一事件视为极具新闻价值的娱乐性新闻，虽引用了律师的演说词、被告的证词和法官的评论，但刻意避免说教，拒绝满足读者的自我正义感。

更重要的是，那些确实喜欢说教的报纸——绝非大多数——将王尔德的溃败定位在道德与文化的意义上。《圣詹姆斯公报》赞同对“变态罪犯”给予严厉判决，认为这是对王尔德的伦理相对主义的必要谴责，也是对毒害着“我们的艺术、文学、社会与看法”[19]的“新式宽容”的必要谴责。这份报纸指出，小说与绘画中大量风格的出现以及对题材的实验性态度，都是王尔德自由思想的直接产物。他之所以危险，与其说是因为他堕落的爱情，不如说是因为他的性取向与为艺术而艺术的“宗教式”主张的混杂。照此分析下去，更糟糕的是，这两种“变态”的共存与勾结为王尔德作为一个艺术家的傲慢提供了一个基础，让他觉得自

己比常人更为优越。

促使王尔德失势的主要原因就是他在《道林·格雷的画像》前言里的异端主张，"没有道德或不道德的书这回事。书只能说写得好还是不好"，在对波西的父亲提起的诽谤诉讼中，他承认这一令人震惊的声明是他对艺术的看法。[20]他的殉道与热情是密不可分的，《威斯敏特公报》将这一热情称为他在艺术与文学中实践并鼓励的"不健康倾向"。先锋艺术家除了在这些私人问题 77
上有一种赞成放任态度的自由主义冲动外，他们对可接受的性行为也并没有一个普遍的立场。男同性恋或女同性恋并没有主宰这些圈子。列出同性恋清单是容易的——兰波、魏尔伦、普鲁斯特、纪德，但他们的性取向并不能定义他们所属的文化阶段。对于王尔德而言，最重要的是他坚持认为生活和文学是两回事，试图通过小说、戏剧和诗歌来提升公众的道德水平是不符合艺术原则的，纯粹是浪费时间罢了。

我认为王尔德和尼采一样，都是浪漫派的继承人。他当然属于雪莱、拜伦那一类的浪漫派，倾心于艺术，对中产阶级道德充满漠视乃至敌意。人们很容易把他看作反道德主义艺术家中的一员，他展现出了对美的热爱，以及蔑视所有将文学及其他艺术与生活直接关联到一起的信条；在行为领域，尤其在伦理与普遍道德的领域，他反对用共同的权威将生活与艺术结合到一起。其他19世纪的继承者（如波德莱尔或兰波）和王尔德一样，他们也只代表少数人的声音，呼吁一种能挑战共同道德并专注于将美的崇拜置于核心位置的独立声音。

在这里，俄狄浦斯情结可以帮助我们想象并部分地解释这些棘手的并发症。当然，代际三角关系问题并不是弗洛伊德时代才独有的，它既是现代的也是古老的，但弗洛伊德将这一现象以
78 索福克勒斯的悲剧命名，在受过良好教育的维多利亚人看来并不只是一种文人的自负。日益自由化的19世纪越来越宽容，并对狂热行为已产生了一种普遍的厌恶，由此为宗教、政治、艺术方面的少数派观点与非传统品位提供了前所未有的广阔空间。在19世纪90年代早期，弗洛伊德写道，文明的创立者是第一个将绰号而非长矛扔向敌人的人，19世纪和20世纪早期将这一人道的自律推向了一个新高度。这也就是说，虽然弗洛伊德是俄狄浦斯情结的发现者，也是首个观察者，但它有其自身的历史。严格说来，弗洛伊德并不是第一个认识这种情结的人，他很爱引用的德尼·狄德罗就是先驱者。弗洛伊德所做的是使这个情结成了精神分析理论的核心部分。

虽然弗洛伊德并不是一个专业的历史学家，他却有着历史学家的头脑。他对比研究索福克勒斯的《俄狄浦斯王》与莎士比亚《哈姆雷特》，由此向大家展示出，随着时间的推移与社会习俗的剧烈变化，希腊神话里不加反思并直接的付诸行动已在17世纪的戏剧中转变为更微妙且被痛苦内抑着的表达。最初的俄狄

浦斯在杀害父亲之后真的娶了自己的母亲，而他后来的化身只是想这样做但显然失败了。对于弗洛伊德来说，这并不是个体的特异性反应，而是一种典型的文化反应。俄狄浦斯情结是最私密的家庭事务，但它在每个时代都有自己的主导形态。* 79

现代反叛者对他们自己的习惯与传统发起了心理上的反抗。这当然没什么问题，他们想要令它焕然一新，即使他们在愤怒的时刻想要将博物馆付之一炬。但他们的过去，那强大的父辈的世界，给予了他们太多，远远超过他们所意识到的程度。美国画家罗伯特·马瑟威尔极富洞察力，其抽象画作品并没有显示出对过去的某种继承，但是当他说出每个画家脑海里都有一部绘画史时，他意识到了这一点。正如在启蒙运动时期，哲学家转向古代异教智慧来支撑他们对基督教文明的基本批判一样，新浪漫派也常常会把过去的一部分作为武器拿来反对另外一个部分。马奈师从伟大的委拉斯凯兹，格罗皮乌斯的老师是19世纪初著名的德国建筑家卡尔·弗里德里希·申克尔，勋伯格从勃拉姆斯那里受益匪浅，而艾略特的先师则为历代的一系列大师。我们可能会质疑阿波利奈尔的和解声明——“我们不是你们的敌人”——

* 在其后期著作《文明及其不满》(1930)中，弗洛伊德对我们是否有正当理由提出“文化意义上的神经症”表示出怀疑，他虽然很好奇，但是他敦促我们要对此保持谨慎的态度：“我们不得不十分小心，别忘了，我们终究只是在处理类似物；也别忘了，不管是针对人还是概念，脱离了其产生与发展的领域来单独谈论，都是危险的。”同样的警示也适用于诱人的“文化意义上的俄狄浦斯情结”。

80 是否完全可信，或者波德莱尔广为流传的对当时中产阶级的颂词是否完全真诚，但毫无疑问的是，这两者都暗示了现代派的复杂性以及其自相矛盾的立场，而这在很大程度上被他们自己隐藏了起来。

对一个可接受的现代主义定义而言，它的障碍清单还没有结束。每一场现代表演，不论是一支奏鸣曲、一部喜剧或一尊雕塑，都能在消费者那里制造出截然不同的效果，有些效果是令人意想不到的。阿图尔·施尼茨勒对20世纪初新音乐与新绘画的反应就表明了这一点。他是奥匈帝国最机智的剧作家，同时也创作长篇小说与短篇小说，他比维也纳现代派的同行更加灵活、大胆。他探索了性方面的话题，并采用了最新潮的意识流等叙事方法来进行创作。然而即便如此，当事物的新鲜程度超过了他能接受的范围时，他也只会困惑与反对。1908年12月，听到玫瑰四重奏乐队演奏勋伯格的无调性第二四重奏第十号作品时，他就和其他听众一样迟疑了。他在日记中吐露了想法："我并不相信勋伯格。""彼时我立刻就能理解布鲁克纳、马勒，现在是不行了吗？"最终，他将自己不能跟上这位现代音乐作曲界最新潮且最夸张的作曲家的无能为力，投射到这位作曲家自己身上，他谴责勋伯格是个骗子。[21]

再比如，1913年初，施尼茨勒在慕尼黑参观了毕加索的一次展览。多年以来，毕加索对学院现实主义的抨击一直令他倍加称赞，但这一次他却发现毕加索新近的转向有些莫名其妙。“他的早期画作确实非比寻常，”他在日记里这样记录道，“但我对他当 81
下的立体主义感到很抵触。”[22]施尼茨勒认为自己对艺术上影响深远的变革有很强的接受能力。按理说，作为一名总是对笔下人物的内在世界发表大胆评论的人，作为一名将坦诚从中产阶级品行里去除掉的敏锐的心理学家，他自然应该是这样的人。然而即便是这样的他，也无法越过他自身的阴影。

这里我借用了德国画家马克斯·利伯曼的一个比喻。在19世纪70年代，利伯曼作为丑的捍卫者同时受到抨击与赞赏，是德国艺术家里最接近法国印象派的人物。利伯曼很欢迎像爱德华·蒙克这样的先锋艺术家，却对极端的表现主义完全无感，更别提抽象派了。在20世纪20年代初期，作为备受尊敬的艺术家，他不怀好意地指出，这些时髦大怪物的买家，不论是私人收藏家还是博物馆馆长，都很乐意把它们卖掉。

告别一种审美创新，再进入另外一种审美创新，这还可能会破坏掉原本亲密的友谊。玛丽·卡萨特心甘情愿地流亡并在巴黎愉快地定居下来，她在当时是唯一一位曾与印象派一起展出的美国画家，可以说是现代性事业最具劝说力的引导者。她劝说自美国来访的商人购买现代派画作。在美国，她对马奈和德加的推介与引进做得比最勤勉的艺术代理商还多。然而就连她也发现，绘画界最新近的发展让她变得冷淡，甚至心怀敌意。1912年，她力劝密友路易斯·海梅维尔卖掉其收藏的塞尚作品（她早前曾说服这位密友收藏了一批杰出的法国现代主义艺术家作品，包括
82 库尔贝与马奈），其理由是她认为他的受欢迎程度“不会持久”。当然，“整个繁荣是疯狂的，必然会衰退”。

第二年年初，她担心路易斯过于沉迷于马蒂斯——而他不过是个“丑角”罢了。通俗地说，马蒂斯之于卡萨特就像勋伯格之于施尼茨勒一样：一个骗子。她对马蒂斯画布上那些明亮而色彩丰富的实验有自己的解释。“你要是看看他早期的画作就会知道。多么平庸的想象力！多么无力的落笔！他挺聪明，知道自己永远不可能成名，因此他闭关多年，逐渐打造自己的风格，并因此臭名远扬。我亲爱的路易斯，”她继续写道，“并不只有在政治界才是无政府主义当道。”[23]马蒂斯一开始吸引她的地方，她既不能也不想去解释清楚。她当初对画家的前途有了一个误判，这都是画家的错！这是当代文化不虚的事实：尽管新浪漫派尝试了各种各样的策略与技巧，但仍不能总是把最同情他们的崇拜者给吸引过来。就像最初的浪漫派一样，新浪漫派互相之间的分歧，同他们与传统派同行之间的分歧一样大。从19世纪50年代开
83 始，现代浪漫派所引发的，不是一次而是很多次革命。

第五章　贝多芬时代

路德维希·冯·贝多芬生于1770年，卒于1827年。他的一生都生活在革命年代，尤其是经历了美国革命与法国大革命，两者都可以说改变了整个世界。这些革命鼓励并迫使他这样一位世界公民在其时代中做一名积极的参与者，然而作为一名作曲家他又一直是非常忙碌的。仅就世俗音乐而言，他一共写了9部交响曲、32部钢琴奏鸣曲、16部弦乐四重奏、5部钢琴协奏曲与1部歌剧。这是一个高产的职业生涯，虽然在1812年至1820年这几年间放慢了速度，却仍稳步向创新前进。 85

乐评人在整理其身后资料时，有些机械地将贝多芬的音乐分为早中晚三个时期。这一简洁的划分虽说是可以理解的，却没有预想中的那么阐明问题。事实上，贝多芬的“阶段”并没有那么清晰明了。他几乎从一开始就冒险进入了从未被人涉足的领域。他在1801年创作的最早的6首弦乐四重奏（op. 18）依然属于莫扎特与海顿的世界。5年后他写的下一组乐曲（非凡的《拉祖莫夫斯基弦乐四重奏》,op. 59前三首)极具原创性,尽管回顾起来,他创作于1824年到1827年的四重奏才更令人叹为观止。

德国浪漫派中最有影响力的音乐专家当然要数E. T. A. 霍夫曼了,对他而言,贝多芬是所有作曲家中最具浪漫主义色彩的一位。霍夫曼所使用的精确词汇使他成了浪漫主义音乐评论的缔造者与卓越的传播者。主观性是他所擅用的最重要的范畴。他在1813年写道:"声音无所不在,但言说着精神世界更高级语言的旋律只存在于人的心中。"这就是为什么对霍夫曼而言,音乐才是"所有艺术中最浪漫的,人们可能忍不住会说,这是唯一真正浪漫的艺术,因为只有无限才是它的模型"。①这就是为什么霍夫曼这位优秀的德国新教徒将音乐视为与其他创作方式完全不同的世界。

1792年,22岁的年轻贝多芬搬到维也纳,跟海顿等其他大人物一起学习作曲,之后他就再没离开过那里。那时的维也纳正处
86 于一个在音乐创作方面令人振奋的时代。当时,近期受封过的中产阶级或其中最富有的人获准与贵族一样成为音乐的赞助人,但迄今为止因处于不同阶层而相互隔离的业余表演者独特圈子之间仍是彼此分离的。利奇诺夫斯基亲王是贝多芬最早的赞助人之一,他还赞助了一支每周演出一次的弦乐四重奏乐团。他欢迎这位年轻的作曲家住进自己的庄园,并在此后十多年间视他为家人。

在整个贝多芬时代，文化中的民主问题都非常尖锐，并显然无法得到解决。我们不妨列举一个典型的意见。1881年，即将被任命为汉堡艺术博物馆馆长的阿尔弗雷德·利希沃克发表了一篇简短的文章《大众》。这篇文章里将艺术受众分为三个等级：大众、受过良好教育的人和精英。他声称，第一等级是最大的部分，它在过去几乎是被完全忽视的，在拉斐尔的两三幅《圣母像》之后，这个人群只得到过很少的几次刻画。第二等级包含了受过良好教育的人（出于某种原因，此处就不赘述了，利希沃克将历史学家也归入这一中间范畴），他们只掌握了一星半点的艺术史知识，却更倾向于将过去的某一历史时期理想化。和大众相比，他们一样对现代艺术兴趣寥寥。第三等级是只有少数人才渴望成为的被精挑细选的人群。这个人群了解艺术史，并从社会各阶层招募自己的同道。“这些是最稀有也最可靠的人。与他们接触就像是一场启示，因为他们所拥有的良好品位与自身的良好判断是一种天赋，永远也不能通过教育的方式完全达到。”[2]不幸 87
的是，这部分的人只在德国的艺术生活中起到很小的作用。

这是一个值得深思的观点。它表达了一种与主流观点相一致的文化上的悲观主义，即只有少量精英才能调动起他们的学识与所需的内在自由，去寻找与欣赏超越于常识与俗事的一切。大多数人总是把绘画、戏剧、小说看作纯粹的娱乐。利希沃克分享出这一观点，但他也在一定程度上颠覆了它。他指出，文化领袖可能来自“最多样化的社会阶层”，来自“受过最多样化教育的男性”。[3]和大多数描写即将到来的大众时代的作家一样，利希沃克认为大多数受过良好教育的中产阶级都不能罔顾自己的物质利益。在这一信念下，他与他的艺术贵族同道一起，与先锋界反中产阶级思想家形成了非正式的同盟。但是利希沃克带着对生来就热爱艺术的个体的神秘信仰，走出了一条自己的路。他始终抱着一种有趣的想法，即除了钱之外还有更多的东西值得品味。

显然，不论金钱有多么重要，它也不能完全解释艺术独创性的产生与存在。在18世纪和尤其是19世纪，物质生活逐渐的富足造成了人们对美学一致性的激进背离，现代艺术的创造者在一个相对自由的政治氛围里找到了栖身之所。再明显不过的是，20
88 世纪的极权政体从一开始就是（或说很快就成为）对独立艺术的回应。独裁者和他们的部下不能容忍任何超出控制范围的社会领域。他们把颠覆（即使是最非政治性的颠覆）污名为叛国。苏联政权会压制或杀害现代主义者；纳粹会驱逐他们或迫使他们在本土流亡；意大利法西斯分子虽然不那么顽固，仍要求他们中的大多数人顺从。

即使在极其宽容的19世纪，审查制度也是创新精神不敢忽视的一个严峻现实。非正式的约束，尤其是中产阶级畏首畏尾的思想残余，都是与当权者共谋的各种行为。然而这一悖论也属于叙事的一部分——没有得到融贯处理的障碍物有时或许会被绕过或避开，但随后它们却执拗地变成坚定现代派少数群体的诱发因素。1835年，当法律禁止英勇无畏的漫画家奥诺雷·杜米诺将法国国王路易·菲利普画成一只梨之后，他仍以富有技巧和才华的其他影射来抨击国家的腐败——无论如何，他和从前一样，非常具象地表达了自己的观点。权力与艺术之间的斗争无处不在，这在法国拿破仑三世（1852—1870）与德国威廉二世（1890—1918）的政权中表现得尤为瞩目，以一种特别透明的方式呈现出立法规训的努力与高压下的创造可能性之间的冲突。

艺术独立性所需的空间很重要；但成功的新浪漫派的颠覆也同样需要艺术家的名望，以免他们因敢于无视公众趣味而被轻蔑地摈弃为怪人、波希米亚人、趋炎附势者或被送进监狱。雪莱关于“艺术家是未经公认的立法者”这一免责声明似乎仍然属实。但名望是他们力所能及的。早期的大师作为时代的巨人，已经为我们指明了道路：米开朗琪罗，这位“神圣”天才敢于挑战教皇；亚历山大·蒲柏通过订阅的方式来售卖他的荷马译作，摆脱了惯常的奉承状态，否则为了得到贵族的认同与资金支持，他 89

将不得不在前言中表现得卑躬屈膝。[*]贝多芬仅凭自己就非常强势地掌握了音乐的世界。他令人难以忘怀的第三、第五、第六，当然还有第九交响曲；离经叛道的《槌子键琴奏鸣曲》;《拉祖莫夫斯基弦乐四重奏》和最后的四重奏——都完全验证了E. T. A. 霍夫曼热情洋溢的结论：贝多芬是所有作曲家中最具浪漫主义色彩的。

读者应该已经注意到了，这个判断显然与我的另一个主张相互矛盾，即坚决反对任何暗示存在着一种连贯的浪漫主义运动的主张。不过，我相信这两个判断在某种意义上都是对的。在所有的文化中，哪怕是在那种音乐品位相当温和的文化中，都存在着浪漫主义的作曲家：挪威的爱德华·格里格、德国的卡尔·马
90 里亚·冯·韦伯以及法国的赫克托·柏辽兹。他们都是浪漫派，但他们之间也并没有相互学习过什么。国际前沿领域当然至少存在着一些重叠。英国风景画家从法国老师那里受到的教益颇为深刻且一目了然，但这种国际间的偷师行为是例外而非常规。即使如艺术家的主体性这样明显跨文化的浪漫主义原则（在浪漫主义时代给大多数艺术家留下了深刻印象），也更像是源自本

* 这一简单粗糙且带有取笑性质的社会学描述预示了几十年后对高雅文化受众的三分法（这一分类在第二次世界大战后才被广泛接受），用词如“品位一般”、“中产阶级文化”和“中道”。

土而非真的来自国际间的影响。

贝多芬和其他浪漫派一样，其名声也是毁誉参半。他强大的独创性令其听众留下了深刻的印象；也有人认为他的作品超出了音乐可被接受的限度，他因此遭到他们的厌弃。贝多芬倾向于将自己的作品视为永恒的财富。有一则著名的轶事广为流传，据说贝多芬曾让一名抄写员弹一页他的乐谱，抄写员弹完以后将那页谱子还给他说:“你给我的这个不能被称为音乐!”作曲家以一种惊人的平静回应道:“这音乐不属于你的时代。”

做贝多芬的朋友并不容易。有时他会对自己的朋友甚至最亲密可靠的伙伴感到不悦与生气（这是他偏执多疑的表现），这种情绪有时只持续几分钟，但有时也会持续数小时甚至数周。金钱对他来说是个非常敏感的话题。即便他没有非理性地相信自己会成为一个受害者，被出版商欺骗的风险也是真实存在的。虽 91
然他常常恋爱，但他从没结过婚，而且在这方面算不上精明。大多数随他学习弹琴的女士——其中不乏优秀的钢琴师——都在社交方面远远超过了他，因而纷纷受到年轻贵族的追捧。

除此之外，他原生的家庭生活也给他带来了烦恼，对他而言这确实是真正悲伤的事情。长久以来他都有一种错觉，认为自己出身贵族。这意味着要去质疑已被普遍接受的证据，即那些一致证明了他的出生年份为1770年的可靠官方文件。他的怀疑让他与父母的家族史保持了距离。围绕侄子卡尔（长兄卡尔的儿子）

进行的长期、公开的争吵对贝多芬也是极大的困扰。他想要通过诽谤男孩的母亲来赢得对侄子的监护权，并为了获得完全的监护权持续多年为此努力。事实证明，这是他家庭争斗中最令人疑惑的一个，因为这场争斗让他常年与男孩的母亲处于冲突之中，让贝多芬的个人行为暴露在恶意的流言蜚语中。

贝多芬有自我戏剧化的习惯，这使他在更深的个人交往方面产生了某种不安。即使在他建立了一定的亲密关系后，友谊的持续在很大程度上也是靠着他对自己坏脾气的节制以及将独立的表现误读为大胆发表不受欢迎评论的倾向。他就是这样的人。脾气暴躁、行为善变无常，却是个了不起的人——虽说他的行为
92 并没有对普罗大众表现出什么耐心，但真正好的跟随者与倾听者并不需要理解和原谅他的这个缺点。怎样的普通人（即使拥有很高超的作曲技术）能够凭自己就创造出这样的音乐呢？这才是浪漫派想要传达的东西。

《第九交响曲》（1823）的唯一创作者贝多芬是现代派的先驱之一。此曲的听众近来已经发现，至少从18世纪90年代起，贝多芬的音乐主题就在竭力寻求表达。比如，当交响乐从第三个乐章转入第四个乐章时，乐曲中有一瞬间压倒性的混乱，所有乐器嘈杂地一起发声，创造出一种极度失序的闪现，似乎小提琴、木管乐器、小号等正在被乐团迅速而无情地抛掷到一旁。随后我们得到了一个完全清明的瞬间，在第四乐章中我们重回安全之中，并准

备好去倾听和分享一种新的秩序。

但是他的妄想，尤其是他与侄子卡尔的奇特的亲善关系（在许多方面是悲哀的），反映了作曲家和他的家庭之间古怪而令人不悦的关系。在他焦虑的朋友中间（在贵族赞助人之外他还有很要好的朋友），时不时会出现担心他精神是否正常的议论，他与卡尔·冯·贝多芬之间的麻烦事也常常被议论——此事历经多年才得到解决，并有了一定的公众关注度，却越发败坏了他的名声。作为声音的伟大解放者的贝多芬，近看似乎并不是一个真正的解放者。

不过，晚期的贝多芬确实不同凡响。那时的他已经完成了大量的作品，但是他的《庄严弥撒曲》花了更长时间才得以完成，并在完成后得到了比其他作品都多的修改，也使他得到了比前任 93
作曲者更多的关注。此曲大部分写成于1822年末，并在次年真正完成。确实，在生命的最后五年（1822—1827），他比之前完成了更加有影响力的作品：《庄严弥撒曲》和《第九交响曲》。且在他最后的岁月里，他所创作的一系列的弦乐四重奏与之前的相比也更复杂、更具探险精神、更史无前例。在这些晚期的作品中，七个乐章无间断相继演奏的作品131号，被贝多芬称为自己最喜爱的乐曲。贝多芬晚期的音乐让他成为一个巨人。

无论贝多芬的原创作品与他竞争对手的作品有多么深刻的差异，有一点是相同的：它们对流行音乐持公然挑衅的态度。贝多芬在1802年的某个时候开始创作他的《第三交响曲》，并在年底完成了大部分工作，剩下的扫尾工作也于1803年初全部完成。在那一年，他在维也纳试演了自己的新作品，其中绝大部分是在由洛布科维茨亲王（或许是他最始终如一的赞助人）赞助的音乐会上呈现的。在试演完之后，他终于向大家介绍了他的新作。1805年4月7日，第一次有乐评人参加的公开演出开始了。

对贝多芬所有主要的创新作品而言，这场演出得到的反响是挺典型的。正如《直言者》的通讯记者在一篇富有特色的匿名评论中说的那样，很快就发展出了两方不同的派别：正面一方
94 是贝多芬的朋友，他们断言这一交响乐正是他的大师之作。[4]这些贝多芬的乐迷遭到了另一方的反驳，他们否认“这部作品有任何美学价值”，宣称这部交响乐是为了追求独特性而进行的粗野努力，它的任何片段都没有实现“美或真正的崇高与诗意”。在不断争吵的两方中间，还存在着“一个非常小的群体”，他们认可“这部交响乐有很多美妙之处”，但也承认“连接部分常常突兀地断开”[5]，而且明显不如他之前的两部交响乐。

所有这些想法将我们带回到最初的浪漫派那里，诺瓦利斯与施莱格尔兄弟的那个氛围，他们一直是我们关注的中心。即使贝多芬几乎没有说过他的音乐世界尤其是他的作曲，已经远远地超越了他与他的哈布斯堡爱慕者的时代，但他完全意识到了。他
95 的作品是写给所有时代的。

结 语

现代艺术家的生产力并不是无限的，然而它对文化讨论的贡献却是广泛而颇受赞誉的，并一度令评论家的作品充满活力、引人入胜。不过，枯竭随即到来。1933年，威廉·沃尔顿爵士——当时还只是平凡的沃尔顿先生——以一种深切的沮丧写道："我认为，现如今任何人在任何艺术领域要制造出任何东西几乎都是不可能的。"他蔑视自己创作的节奏拖沓的曲子，却抓住了一种广泛弥漫在现代艺术家之间的阴郁情绪。在当时，对艺术原创性具有关键作用的有利的政治、经济和社会条件正逐渐衰落，而且确乎在某个时间消失殆尽了。

历史学家回望过去时注意到，在第一次世界大战前的二三十年里，现代艺术看起来似乎更加志得意满了，并且直到和平条约签署之前都保持着激进的冲动。那段时间，现代艺术硕果累累且多姿多彩，以至令指认所有现代经典分享同一特性成了一种冒险的行为。但一直以来都有人一而再、再而三地建议，要考 97

虑对现代核心信念进行激情昂扬的总结。这并不是说传统艺术家必然推脱了对真理的追求，而是说他们（至少就现代艺术家看来）没有竭尽所有可能的工具来发现真理。正因为此，对心灵的科学研究获得了新的重视。令人欣喜但并不令人吃惊的是，这正是西格蒙德·弗洛伊德发展出精神分析学的那几十年。

当然，现代艺术的主张并不就是精神分析学。那是个智力骚动的时代。新的宗教与世俗的意识形态都宣称它们以特有的方式接近隐秘的真理，都断言它们所掌握的真理要点比竞争对手的更优越。他们的自我披露是内在性魅力的关键征兆：探究语言意义与陷阱的尝试并不只限于精神分析学家。早在19世纪40年代，托马斯·卡莱尔就已经将他那个年代称作是自传体时代，在后来几十年的时间里，这种自我展示的兴趣有增无减。不仅仅是训练有素的艺术家会对更大范围的读者倾诉他们的过去，还有成千上万数不清的可敬的年轻人被教导要写日记，记录下自己的情感、品位和事件，对很多人而言，这一童年时期的活动变成了一生的习惯。然后，这类告白中相对直率而毫不留情的文字就成了正式的自传作品。

通过发表自己不剔除感受的生活故事，或者整理自己在绘
98 画或图像中出现的记录，现代派发展出了关于艺术创造的心理根
源和效果的理论。不过要在不同的建筑或绘画学派之间做出区

分，则完全取决于个人品位。几乎所有第一代的精神分析学家，包括弗洛伊德自己，都按照传统偏好被教育成了中产阶级——他们更加重视古典诗歌与绘画，而不太会有倾覆学院派艺术的意图。

然而，由于承诺了一种坚定的科学思维方式，精神分析不折不扣地属于现代阵营。说到对被压抑的原始材料的挖掘与恢复，弗洛伊德本应该从社会科学或考古学中获取隐喻来阐明精神分析的方法，按说只有这样才是恰当的。但是通过耐心而专注地与被分析者的共事，弗洛伊德和他的后继者创造出辅助性的自传——这一不折不扣的现代追求。他们当中最有影响力的人（尤其是印象派与表现派画家）以令人难忘的方式低估了位于其艺术内核的内在冲动。这些画家将历史、流派、古代神话，当然还有对外在影响的勤勉模仿弃之不顾，因为在对客观的美学相关物的寻找中，他们主要听命于自己内心深处的个人回应。没那么直接但可以肯定的是，他们的油画是内心的告白。当然，有些流派的名称就是有倾向性的："Fauves" 或者说野兽派，这一标签对安德烈·德兰、亨利·马蒂斯、莫里斯·德·弗拉曼克等人毫无恭维之意。这些艺术家充满活力且色彩斑斓的油画在1905年首度震惊了世人，其风格着实太夸张了：他们笔下的风景简直是对可辨识世界热情洋溢的评注。

这么多的标签强烈暗示着摆脱传统标准的画家对身份有一

99 种不可遏制的渴望，一种通过某一独特方案形成一个学派或加入一个学派的急切渴望。这一方案将承认他们独特的天赋，并让他们在与平凡作斗争的伟大反抗中得到自己的应得之物。从这个角度来看，19世纪90年代在德国与奥地利画家中间爆发的小型分离主义的反抗，预示着对公认惯例的日益不满。尽管反学院派艺术家中的一个流派很快就获得成功，并自以为比其他前辈更为优越。第一次世界大战前的那些年里，画家世代的交替从未如此迅速和突然，后来再出现这种情况则要到20世纪60年代了。先锋派在现代派的共同旗帜下前行，但它们之间的区别更多在于其标签而非根本的艺术分歧。印象主义、后印象主义、新印象主义、象征主义、表现主义、奥费主义、立体主义、未来主义、至上主义、新造型主义、超现实主义以及纳比派与野兽派，艺术的历史在转入20世纪后就被这些词汇填充了书页。

他们对现代艺术史学家很重要，他们也认为自己既重要也必要。正如意大利形而上画派无可争议的发言人乔治·德·基里科以他一贯的夸大其词所言："一个像我们这样的欧洲时代，它承载着无限文明的巨大重量和许多精神性与重大时期的完成，产生了一种在某方面类似于在不安的神话时代所产生的艺术。这种艺术源自少数几个有远见和敏锐力的人。"尽管在其他领域也
100 有类似的骚动，但作曲家、剧作家或编舞都不能像画家那样，那么快就给自己找到新的身份。这是一个粗鲁地质疑一切艺术领域

中长久以来的既定规则的时代；这是一个嘲笑高薪聘来的老派艺术大师的时代；这是一个将几个世纪以来主宰着文化景观的备受喜爱的风格准则、过时的宗教规定、出于自保的假正经与不合时宜的矫揉造作通通送进坟墓的时代。

用德皇威廉二世的话来说，除了印象派之外，在西方文化中传播的现代主义艺术乃是阴沟的艺术。现代主义艺术家将这一侮辱当作是一种激励。不论皇帝说什么，他们都跟随着自己的偶像，相信自己走在通往艺术真理的正确道路上。表面上看来，看似因大胆主观性而产生的损失其实是一种隐藏的收益：长期以来作为绘画、雕塑、小说与戏剧等品位试金石的模仿精度，对他们而言已不可原谅地过时了。此时，新的标准又尚未确立。正如世界各地的新浪漫派艺术家所抱怨的，消费者盲目相信传统且自满地偏爱容易消化的媚俗之作，因此他们不愿意为了获得持久的审美愉悦而付出艰辛努力，这些人影响重大且顽固不化。

在那种好战的氛围里，虔诚的现代派将埃兹拉·庞德的著名训诫（“让它变成新的”）视为《圣经》。在现代画家表达内心情感的所有方式中，自画像使他们尽可能地贴近观众。这些对镜子
里的注视是主观性的例证，虽没有病态到自恋的程度，但也肯定 101
可以充当自视甚高的证据了。这些作品记录了艺术家对自我的强烈关注，使他获得了暂时的不朽，同时也证明了他的某种尊严。被鄙视和被否定的人不会为自己画自画像。当然，在那之前现

代派还没有发明出这一体裁。一些最著名且最有表现力的自画像可以追溯到至少四个世纪前的阿尔布雷特·丢勒，他以各种富有想象力的姿势展示自己，其中一幅是《悲伤的人》。伦勃朗富有传奇色彩的系列自画像暗示我们，神经症是艺术天赋的先决条件。但是这一因果关系从来就没有成立过——哪怕在现代艺术的年代它们之间假定的关系成了心理学家最喜欢的话题，且在受教育者中大肆流行。

在现代主义的经典时期，一部接一部的生活史似乎为以下理论提供了支持：天才与疯子之间只有一线之隔（回想一下莎士比亚）。实际上，当时极具影响力的犯罪学家塞萨尔·隆布罗索发表过一番关于可预测的犯罪心理与天才堕落的断言，虽然教条而缺乏实据，但引起了报刊读者的注意及医学界的热烈赞同，由此进一步巩固了这种说法。文森特·梵高与保罗·高更作为现代派艺术家中最伟大也最杰出的代表，就充分展现出了预期的症状：前者在一系列精神崩溃后开枪自杀，后者抛弃了自己的妻子和五个孩子，放弃了作为股票经纪人的职业，在遥远而穷困的放
102 逐中度过余生，不停地画啊画啊。

这两位内在表现力大师的毕生之作，证实了自画像在现代派艺术家的职业生涯中占据了相当大的分量，他们借此决心要将始于经典印象派的美学革命进行到底。随着在收藏家那里迅速蹿红，莫奈和他的同伴强行为这种非常规的背离开了一个口子，

尾随其后的几代人都怀着半是感恩半是坚持原创的心情，从这个口子里涌了出来。我想起高更抱怨印象派画家，说他们画画“总是被可能性的需要束缚，没有自由”。这是他这一派其他艺术家决心要突破的边界。他们会把马画成蓝色，把基督画成黄色，把脸画成绿色，还会把注意力集中在类似鞋子和椅子这样的“非艺术性”主题上。作为象征主义艺术家（一个从马拉美语言实验相关的现代法国诗歌那里借来的综合性标签）中最伟大的艺术家，他们意在捕捉自己对世界最深刻的个人感受，而不是挖空心思尽可能准确地描绘世界本身。

简而言之，尽管高更与梵高都认为印象派对沙龙艺术的颠覆非常值得尊重，但他们自己的画作却毅然决然地冒犯了循规蹈矩的品位，因此为他们赢得了更大市场的展览主要是在他们离世后才举办的。1890年，梵高在自杀前曾展出过一些作品，但直到1901年在巴黎的伯恩海姆-琼画廊举办了一场展览后，他的作品才开始受到普遍欢迎，价格也随之飙升。1906年的巴黎秋季沙龙令高更一举成名，而此时离他于马克萨斯群岛去世已过去三
年，当时除了少数几个圈内的崇拜者外没有人知道他。他们都很 103
晚才开始画画，但一旦开始就抱着痴迷的宗教般的热情来追求这一事业。当创作自画像时，他们是为了自己而画，而且很快我们就会看到，他们也是为了彼此而画。

如果说梵高与高更在他们的自画像中毫无中产阶级的那种扭扭捏捏,尽情地展示着自己,那么保罗·塞尚也一样,只不过是以一种更为微妙的相反的方式。塞尚的学生很难不注意到,他大量关于自己的油画与素描作品有一种刻意的非个人化的特征。他将他的画作与高度个性化、充满活力结构的现代古典主义融为一体,而这成了他成熟时期作品的标志。19世纪60年代,这个生于1839年普罗旺斯的年轻画家正在学习绘画技巧,他专门描绘那些戏剧性残暴行为的虚拟场景:强奸、纵欲、谋杀。即便追溯至1861年照着相片创作的最初的自画像,他在情感表露方面也已是相当放任的了。他把自己圆圆的、普普通通的脸表现为一张瘦削而阴沉的面孔,幽怨地将眉毛皱成一簇,并将胡子画弯摆出一副愁眉苦脸的样子,而这本来在照片里并没有体现。他将自己描绘成一个困苦、愤怒的年轻人,这似乎比照片还更忠实于他的精神状态。

不过在19世纪70年代早期接受了毕沙罗的非正式训练之后,塞尚虽仍旧个性鲜明,但还是与印象派画家使用了同样的色
104 调,并不止一次与他们联合展出。他放弃了对极端性行为与攻击性暴力的干预,用看似冷静、疏离和经过深思熟虑的风景画、静物画、肖像画、惊人的建筑画和浴女画来控制自己的冲动。

当他发展成为20世纪艺术的至高来源时(立体主义的毕加索和布拉克只是他众多门徒里最著名的),塞尚会把成熟的、圆滚

滚的、香甜的苹果放置于一块凌乱的布上，或让两个人面对面玩纸牌游戏，或一次又一次回去画他心爱的圣维克托瓦尔山。所有这些奇怪而费解的画，无声地见证了一个受到猛烈压制的感官的自然。难怪他的成名迟至1907年巴黎秋季沙龙举行的一场轰动一时的回顾展，那时距他去世已经一年的时间了。

塞尚最重要的自画像大多作于19世纪70年代中期至90年代中期的那二十年间，那期间他的作品更加有意识地极尽高冷之能事。他让所有的物品、形状、颜色、宽阔的肩膀都从属于他的整体设计。他将自己长着鬈发的光秃秃的脑袋与背景中镶嵌着钻石的浓重风格的墙纸相对比，托着的调色板仿佛自己右手的延伸。他看起来忧心忡忡、蓬头散发，总是显得疏离，那用短促而明显平行的笔触作出的画，更像是在描画一幅作品而不是一个人。老话说，眼睛是心灵的窗户，他的眼睛被表现得没有透明度，一副难以穿透的样子。尽管如此，塞尚给予观看者的那种空洞的眼神
仍是无法抑制的不检点行为的同盟。他的自画像透露了他想要 105
保守的秘密：他是终其一生想要给那个不驯服的乃至混乱的自我以规则的人。

他的二十多幅自画像速写很少经过完全的设计，它们更加自发地呈现了他的样貌。事实上，朝镜子中快速地扫两眼就能在他的鼻翼两侧或唇边看到一条法令纹，让他看起来含蓄又忧虑。总之，塞尚对自己混乱内心的艺术化回应支持了弗洛伊德的一个

断言：人类不论如何努力，都无法守住自己的秘密。冲突必然会呈现出来，不顾想要将之藏匿的努力；不管怎么处理，它们都会沿途留下痕迹。对于现代世界而言尤其如此，因为这样的一个世界已经摆脱了太多的约束和自我控制。在塞尚最后几年里，感到挫败和孤独的他不再创作自画像，他丢掉繁荣的同时也消除了同样多甚至更多的焦虑。

浪漫派画家一直强调艺术家的自我，他们献身于自画像，但并不把这一关注看作是某种新事物。他们作为丢勒及伦勃朗的后裔自豪地完成了自己的工作。[①]或许伦勃朗更深的动机是他的自我关注（他并没为历史学家们留下什么自传材料，甚至比丢勒还少），但19世纪末文化与政治上的德国民族主义者在证明自己国家优越性的论战中，把他作为一枚棋子使用，少有人关注他
106 的内在性文化，也就是他的内心深处。德国人出于政治目的很方便地将波兰人伦勃朗算作了德国人。瓦西里·康定斯基也是如此。*

这一回溯就像德国的其他新浪漫派一样，并没有因为抽象艺术的缘故鄙夷过去。1910年的某天，在完成一天的速写后回到家，康定斯基回忆道："突然间，我看到了一幅沉浸在内在光芒

---

* 简短说明如下，委拉斯凯兹的作品《宫娥》中展示了他自己在皇宫内工作的场景。鲁本斯、普桑、雷诺兹都为自己画过自画像。18世纪中叶，安东·拉斐尔·门斯，这位德国最重要的画家，从青年到中年至少创作了15幅自画像。18世纪末19世纪初的德国画家安东·格拉夫极其高产，创造了80多幅自画像。

中的无从形容的美丽图画。”他冲到那张令人困惑的画布面前，在画上他只看到了形式和色彩。“这是我曾经画的一幅画，就倚着墙立在一边。”在明亮的阳光下，他能辨认出图案，因此效果并不是那么印象主义。他很快找到了解释：“我明确地知道，物体对画作是一种损害。”忠实地描绘现实，现在成了艺术最大的障碍。他的结论意义深远：“自然与艺术的目的（及其手段）从根本上、天然地、按其普遍规律是彼此完全不同的。”[2]他做出了一个形象化的声明，没有把任何东西归功于外在世界。

不论康定斯基的回忆是关于一次精彩顿悟的可信汇报，还是（更可能是）一种持续从模仿理念中撤退因而将艺术与自然
对立起来的戏剧化浓缩，在整个现代艺术史上，这确实都是一个 107
划时代的事件。大多数艺术家在那些年里切断了与外部现实的联系，朝着自己的特殊风格努力多年，才达到这个决定性的时刻。对他们而言，这与朝圣之旅没什么两样，他们所做的事情是对位于现代艺术核心的个人主义的一种启发性阐释与致敬。他们的朝圣之旅具有一种令人震惊的激情，对公认传统不折不扣的漠视，极度地为了艺术而艺术，可以说是一个相当松散的神秘体系——混合着俄罗斯民间故事、布拉瓦茨基夫人的神智学说、对音乐剧有着如同对视觉刺激一样的敏感性以及一种将精神从当代“唯物主义”的腐蚀中拯救出来的使命感。康定斯基相信，现代世界就像一个世纪前的德国浪漫派，已丧失了自己的灵魂，迫

切需要返魅，而只有艺术能做到这一点。

所有这一切加在一起让这一“哲学”成了加大剂量的浪漫主义再利用，康定斯基喜欢将那一含糊的笼统用语归为己有。“如果今天当有一个新的客观性存在的话，那让它是新的浪漫主义吧，”他在1925年这样写道，并做了如下补充说明，“艺术的意义与内容就是浪漫主义。”对他而言，这意味着一种创造性的、极不正统的教条，即在没有严格地排除知识分子的情况下，将艺术家与观看者的感受置于美学经验的核心位置。[③]有许多人不同意他的观点，他也意识到了这一点，而这一切都源自他几乎一厢
108 情愿的明确表态：“那就让新浪漫主义也存在吧。”它的前景大体上是暗淡的，但康定斯基的请求再次说明了现代主义动机的多样性。这一新的浪漫主义在半个世纪后找到了它的出路，对新的虔诚行为或为现代口味量身定做的旧的虔诚行为尤其适用——神智学、人智学、基督教科学以及一系列令人眼花缭乱的信仰和对各种信息的本能轻信（从来自外太空的消息到文明世界里英国心理研究学会的半科学调研）。人们渴望得到精神信息，徒然地希望死亡并非终结，但这一渴望似乎不可能得到平息，因为人们拼命想去相信的是那些被嫌恶为冷冰冰的科学宇宙的东西。因此，这种或那种的唯心论成为知识分子或受教育者的迷信。倘若所有官方承认的教派都已被证明破产，倘若《圣经》所说的神圣故事都不可信，这些现代的准信徒说服他们自己，神圣的真正内

核必须被保存下来，并被允许免于传统宗派主义的束缚而得以成熟。正是在这种动荡的氛围里，新浪漫派中大量派别（尤其突出的是先锋派画家）对传统风格与宗教式思考表现出了不耐烦。

矛盾但并不让人惊讶的是，许多易受外界潮流裹挟的人试图通过迂回到过去来开展他们的新运动。他们以过去的舒适替代了新事物带来的冲击。瓦格纳的“未来音乐”就利用了中世纪的日耳曼传统。前拉斐尔派画家为了革新英国绘画，而呼吁回归至中世纪晚期的绘画模式。德国与英国的现代派画家，如马克 109
斯·恩斯特与格雷厄姆·萨瑟兰，从16世纪早期德国艺术家马蒂亚斯·格鲁内瓦尔德情感浓烈的作品《耶稣受难像》获得了灵感。康定斯基也属于此类。他在被广泛阅读与译介的著名作品《论艺术的精神》(1912)中指出，在新近与过往的概念中思来想去，他最终发现在更简单的时代与目前世界之间存在的内在本性的相似将会向我们揭示“未来的种子”。

康定斯基的神秘主义是个人冲动相对于专业训练的胜利。1866年生于莫斯科的他接受过良好的教育，并且是法学和经济学方面的良好教育，却放弃了“现实生活”中优渥的职业，于1896年前往慕尼黑学习绘画。他成了一名熟练的绘图员与画家，善于画色彩饱满、富有故事性的风景画。尽管他形单影只，但他仍向我们表明，他一直在执着地朝着成为先锋派开创者与参与者的方向而努力。然而不知怎么回事，他那些持续的活动没有一个是足够的。如果说他在寻找一种能表达最隐秘感情的艺术语言的话，他想要的就是一种新的、普世性的语言。大约在1910年，有一次当他在昏暗的灯光下从侧面看向自己的画布时，他感到他已达到了自己的目标。不涉及主题的非写实艺术诞生了。这幅令人震惊的新画作，很快就让支持者纷纷投入实践，也让艺术评论家面临了前所未有的风险：这些画作的任一解读似乎都和其他解读一样好。康定斯基曾在哪儿说过，他的哪幅作品引发的解释越多，就说明这幅作品越好。如果他真这样相信（显然他是相信
110 的），那他必判定他的每幅画作都是激动人心的成功之作。

康定斯基早年作为一个反传统者，将对比鲜明的不规则色块散点与点缀于其他色块并浸入到更大色块中的点状物并置到一起，通常在画布上还佐以一根戏剧性移动的黑色线条。他所选择的色度有些被认为来自神智学的阅读，但总的来说最终都源自一种内在的、难以识别的压力。他从1916年到1921年待在莫斯科。他欢迎俄国革命，并积极参与新政权的宣讲与管理，直到发现自己的现代主义抽象作品其实并不受欢迎——他开始比之前更严格地组织图案。他所画的轮廓变得更加清晰、锐利，部分依赖于圆形、直线与半月形，但也继续画出重叠与相互摩擦的神秘形状。[*]

---

* 这并非一种纯粹的内部发展。他是在回应俄罗斯同胞、至上主义者齐米尔·马列维奇的抽象主义和伟大的插画家埃尔·李西斯基的构成主义。

他有时会使用一些小型形状来制造一种幽默的和声，其中一些模糊地类似于出现在自然中但从未被真实模仿过的结构。他引入了可以被解释为大教堂入口或骑马者的戏谑形状，但这只是让他的发明看起来更为深奥难解。就连他的情绪或他试图表达的情绪都不明确。简而言之，从采用抽象艺术的那一刻起，他的绘画就几乎是难以言喻的。他努力创作，常常陷入困境，这种状态一直延续到第一次世界大战结束。此时，抽象主义画家已发展为一个由审美极端主义者组成的规模虽小但充满热忱的团 111
体。在这一团体中，并不是所有人都把自己的作品视为对康定斯基的膜拜；比如，风趣的法国艺术家罗伯特·德洛奈画笔下生动的彩色旋涡就不是为了表达宗教信息，而是为了展示一种色彩理论。然而，在抽象主义的阵营里至少有一位领袖，即俄罗斯的卡齐米尔·马列维奇，值得特别关注，因为他在20世纪10年代末期至20年代初期的至上主义阶段（他自创的名字）所创作的画是非具象艺术最全面的标本。像康定斯基一样，其作品充满了俄罗斯民间宗教的气息，但又不像康定斯基那样，偶尔会把艺术家即他本人视作上帝，马列维奇将绘画简化成了比蒙德里安的作品还要更远离自然的元素。1913年，他展示了一个白色方块背景上的黑色方块。四年以后，在这幅具有煽动性的画布上他又在一个白色方块上画了另一个倾斜的白色方块，两者的色调几乎没有什么区别。哪怕就是要欣赏这幅画的外观，都不仅仅需要艺术上的开放思想，还需要敏锐的视力。在单色之外，这张画布上空无一物。

对马列维奇而言，他那些看似简单的画作是一种精神意识形态的化身。坦率地说，他想在一无所有之处表达一些东西，用艺术的感受力去取代资本的贪婪。他写道："所谓至上主义，我指的是绘画艺术中纯粹情感或感觉的至上。"他回忆起自己的觉醒，"那是在1913年，在我努力把艺术从客观世界的囚笼中解放出来时"，他"逃进了方块的形式里"。他坚持认为，那个方块不是空的，而是"无目的性的体验"。这一对艺术的思考——当然
112 也是对艺术家的思考——是非常严肃的。当马列维奇坚持认为一种新宗教的时机业已成熟，他指的是一种新的美学。[4]在这场审美革命的领袖中，有一位即使最业余的博物馆参观者都能一眼认出的画家，他就是荷兰画家皮特·蒙德里安。他与他唯一可能的竞争对手瓦西里·康定斯基是两个截然不同的艺术家。康定斯基爱交际，蒙德里安很严肃，从没有朋友，是一个孤独的探索者。康定斯基从不缺乏女性的陪伴，而蒙德里安则是一位地道的单身汉，虽然也有过一些不那么可靠的关于他令人不快的浪漫关系的传闻。那些对他有过观察的人注意到，他真正喜欢的舞是查尔斯顿舞，跳这种舞时，舞者是不会碰到自己舞伴的。康定斯基是天生的教育家，他在包豪斯学院担任了十一年的教授，直到该学院于1933年关闭。他满怀热情地教授绘画与壁画，并对自己在学生中的大受欢迎始终很享受。蒙德里安对他自己的个人学

说（新造型主义）也不断地发表着同样的溢美之词。康定斯基为自己虔诚的探寻尚且发明了一些新的形式；而蒙德里安在他著名的格子画中安顿下来后，则只根据一个精确校准的程序来进行变动。不过，两人职业生涯的平行发展令人瞩目。他们大部分时间都是在国外度过的，他们的神秘观念也大部分来自神智学，而且最重要的是，他们都没有将自己的绘画仅仅视为绘画，而毋宁说是一种祷告形式。因此，在坚决背弃自然并在各自艺术中寻找着解决自己宗教层面困扰状态的方法时，他们都是探索者。

蒙德里安确实是这么做的。1940年底，他从英国移民到美 113
国，当时他的著名抽象矩形图案主要为一个美国收藏家组成的精英圈子所知。在他生命的最后几年（他于1944年去世），抽象画家罗伯特·马瑟威尔与他成了朋友，并负担得起也喜欢请这个荷兰艺术家同伴一起出去吃饭。两人有时候会去绿苑酒吧，这是一家位于中央公园前的纽约老餐厅。马瑟威尔说，天气好的时候，两人会在户外找张桌子坐下，而蒙德里安会坚持背对着公园郁郁葱葱的绿地。⑤

这并不是一个面临衰老威胁的老人所做的突然转变。年轻的时候，他已经完成了一些引人注目的荷兰风景画以及花卉题材作品，但他后来戏剧性地抛弃了这些传统题材。早在1915年，那时43岁的他正和一个朋友在荷兰的艺术家村落拉伦散步，谈论着月光在风景画中的影响，蒙德里安突然惊呼道："是的，总而言之，大自然是个该死的烦人东西！我简直受不了了！”这不仅仅是品位的问题，这也证明了他基本的信念是什么。

在1938年的伦敦，近几十年来的德国顶级现代派画家马克斯·贝克曼在一次备受关注的演讲中，对自画像进行了哲学探讨。演讲发生在纳粹把他的作品归为“颓废艺术”典范的一年后，不过他谨慎地避开了政治性评论。因为他经常画自画像，所以他更有理由来自由地探讨人们为什么要将自己的脸与形象作为绘画的主题。“所有客观的态度，”他说，“都最终指向自我描
114 绘。我在我的生命与艺术中找寻自我。”在他看来，这种探索是每个艺术家最迫切且最艰难的任务。“既然我们依然不知道这一自我到底是什么，也不知道你与我以各自的方式所表达的自我要通往何处，那我们就必定要越来越深入地推动对它的发现。因为这个自我就是伟大的、被遮蔽的存在之谜。”他把自己描述为“沉浸在个人问题之中”，并试图“以各种方式表现这个问题。你是什么？我是什么？”他这样问道。“这些问题不断追着我、折磨着我，可能也在我的艺术中扮演着某种角色。”[6]

这个“可能”是不必要的谨慎。他自己并不信奉像叔本华学说那样的哲学学说，也没有接受他所谓的神智学的“胡说八道”，但他熟读二者。他一生都在深水中垂钓，苦苦思索生命及他自己的意义。在这个并不系统但发自内心的企图中，贝克曼的自画像是必不可少的元素，而并非繁重工作中用以放松的一个小小插

曲。这些自画像是他最有力也最吸引人的创作，因为它们强调了他的大方脸、突出的下巴与秃顶的额头，所有这一切都被他老练地复刻下来，且他对色彩的掌控令人叫绝。他的工作中一直穿插着自画像的创作，从20世纪初直到1950年去世，他的自画像有铜版画、木版画、石版画、素描和油画。他不止一次地偷偷将自己的肖像放进他在第一次世界大战后开始创作的野心勃勃的三联画中。

他最早的一张自画像可以追溯到1901年，当时他17岁，这
幅画是一次在技术上异乎寻常的练习。这是一幅蚀刻画，他张大 115
嘴巴发出尖叫。不过，他的核心意图是其自我的实质而非他或许能表演的浮于表面的美学芭蕾。在他的自画像里，他要不穿着朴素的衣服，右手拿着一支香烟，要不穿着燕尾服，左手拿着一支香烟——这些画和他的朋友们证明，不管他的健康在晚年多不稳定，他也从未停止抽烟。还有一次，他把自己描绘成一个画家，有些不太真实地戴着一顶帽子，手里拿着画笔与调色板。或者是一个小丑，是在拥挤街道上行走的路人，是一个吹着看起来不大自然的圆形萨克斯管的音乐家，是一个丈夫和他的妻子——有过两幅，分别是第一任和第二任妻子。还有他自愿在战时流放至阿姆斯特丹时与三个朋友一起坐着，或独自一人坐着，大脑袋非常突兀。又有一次，在1938年创作的精彩半身像中（当时他已定居阿姆斯特丹，且这是他最有影响的油画之一），他穿着红黑条纹的夹

克，手里拿着他最喜欢的道具之一——号角。他的情绪如他的服装一样形形色色：好斗的、胆小的、深思熟虑的、目中无人的。

与19世纪的先驱不同，20世纪的后辈完全忽略了自己的出
身。他们是新人，（甚至有些令人赞叹地）也包含了新的女性。
他们几乎很少被他们的历史所烦恼，也很少受到来自历史的激
励，只一心一意地顾着成为新人。但是，在一种间接的意义上，他
们依赖于过去。我们不再读那么多华兹华斯——我们有T. S. 艾
略特。我们不再用沃尔特·司各特来消遣时日——我们有弗吉
尼亚·伍尔夫。这并不是说我们看不起文学及音乐的前辈，但如
116 果我们没有大学，经典（我们肯定会这样称呼它们）必定会在很
大程度上压缩为一种学习任务，不然就是被热情的学生复兴，比
如兴奋地发现简·奥斯丁和自己一样也是新人，并以一种令人吃
惊的现代口吻向我们娓娓道来她的故事。这丰富多彩的浪漫主
义旧时光曾经第一次质疑了古老的传统，并让小说家、诗人、作曲
家、画家、剧作家以及建筑学家明白其开创者的激情来自何处，以
及在那个世界中还有多少依然存活，然而这些曾被不公正地遗
117 忘过。

注　释

前　言

① Peter Gay, *The Bourgeois Experience: Victoria to Freud*, 5 vols. (New York: vols. 1—2, Oxford University Press; vols. 3—5, W. W. Norton, 1984—1998).

② Arthur O. Lovejoy, "On the Discrimination of Romanticisms" (1924), in *Essays in the History of Ideas* (Baltimore, 1948), 229.

③ Ibid., 253.

第一章　"世界的返魅"

① Novalis, *Schriften*, ed. Paul Kluckhohn and Richard Samuel, 4 vols. (Leipzig, 1960—1975), 2: unsequenced fragment.

② Novalis, *Blüthenstaubfragment*, in *Werke, Tagebücher und Briefe Friedrich von Hardenbergs*, ed. Hans-Joachim Mähl and Richard Samuel, 2 vols. (Munich, 1978), 1, no. 14: 462, 463.

③ Friedrich Hölderlin, *Hyperion* (1797—1799), "Über Religion," in *Sämtliche Werke und Briefe*, ed. Günter Mieth, 2 vols. (Munich, 1970), 1: 657.

④ Novalis, "Longing for Death," in *Hymns to the Night and Other Selected Writings*, trans. Charles E. Passage (New York, 1960), no. 6.

⑤ Friedrich Schleiermacher, *Reden über die Religion* (1799), in *Leben Schleiermachers*, 2 vols, ed. Wilhelm Dilthey (Berlin, 1922), 1: 35.

⑥ Friedrich Schleiermacher, *On Religion: Speeches to Its Cultural Despisers*, trans. John Oman (London, 1893), 278, 277.

⑦ Friedrich Schleiermacher, *Reden über die Religion*, in *Kritische Gesamtausgabe*, 15 vols., ed. Hans-Joachim Birkner, Gerhard Ebeling, et al. (Berlin, 1984), 1st division, 2: 221.

⑧ Friedrich Schlegel, letter to Dorothea Veit in *Friedrich Schlegel, Theorie der Weiblichkeit*, ed. Winfried Menninghaus (Frankfurt, 1983), 85—119.

⑨ Friedrich Schlegel, *Lucinde* (1799; Goldmanns Gelbe Taschenbücher, n.d.), 17; 除非另行说明，书中所有的英语译文皆为作者自行翻译。

⑩ See Friedrich Schlegel, in *Athenaeum* (1798), passim.

⑪ Friedrich Schlegel, "Der universelle Republikanismus" (1796), in *Schriften und Fragmente; ein Gesamtbild seines Geistes*, ed. Ernst Behler (Stuttgart, 1956), 295—301.

⑫ Benjamin Constant, *Adolphe* (1816), cited in Jann Matlock, "Novels of Testimony and the 'Invention' of the Modern French Novel," in *The Cambridge Companion to the French Novel: From 1800 to the Present*, ed. Timothy Unwin (Cambridge, 1997), 28.

⑬ Victor Hugo, *Préface de Cromwell and Hernani* (1827), in *The Lake French Classics*, ed. John H. Effinger (Chicago, 1900), 53—54.

⑭ Chateaubriand, *Génie du Christianisme*, part 2, book 3, chapter 9, quoted in Alexandre Rodolphe Vinet, *Chateaubriand* (Lausanne,1990), 138.

⑮ Alfred de Vigny, quoted in Peyre, *What Is Romanticism?* Chapter 5, passim.

⑯ Stendhal, *Oeuvres intimes*, ed. Henri Martineau (Paris, 1955), 60.

⑰ Stendhal, *De l'amour* (1822), ed. Henri Martineau (Paris, 1938), 21.

⑱ Ibid., 80.

⑲ Ibid., 42, 46, 63.

⑳ Ibid., 122.

㉑ Honoré de Balzac, Préface, *Physiologie du mariage*, ed. Maurice Regard (1829; Paris, 1968), Meditation IV, 58.

㉒ Lord Byron, letter dated January 19, 1819, to John Cam Hobhouse, in *Byron's Letters and Journals*, 11 vols, ed. Leslie A. Marchand (Cambridge, MA, 1973), 6: 92.

㉓ August Wilhelm Schlegel, quoted in Eckart Klessmann, *Diedeutsche Romantik* (Cologne, 1979), 79.

㉔ Philipp Otto Runge, undated letter (circa 1801 or 1802), in *Hinterlassene Schriften*, 2 vols. ed. by his older brother (Hamburg, 1840—1841), 1: 179.

㉕ Novalis, *Die Christenheit oder Europa*, in *Fragmente und Studien*, ed. Carl Paschek (Stuttgart, 1996), 86.

㉖ Friedrich Hölderlin, "Über Religion," *Sämtliche Werke und Briefe*, ed. Günter Mieth, 2: 864.

第二章 浪漫主义心理学

① Henri Matisse to Pierre Bonnard, in Elizabeth Cowling et al., *Matisse/Picasso* (New York, MOMA, 2003), 292.

② Friedrich Nietzsche, *Beyond Good and Evil: Prelude to a Philosophy of the Future*, ed. Rolf-Peter Horstmann and Judith Norman, trans. Judith Norman (1886; Cambridge, 2002), 24.

③ Comments quoted and summarized in George Bernard Shaw, *The Quintessence of Ibsenism* (1891; New York, 1912), 3—4.

④ T. S. Eliot, Introduction, *Literary Essays of Ezra Pound* (Westport, CT, 1954), xiii.

⑤ Cited in Werner Hoffmann, *Turning Points in Twentieth-Century Art, 1890—1917*, trans. Charles Kessler (New York, 1969), passim.

⑥ Letter from Camille Pissarro to Lucien Pissarro, quoted in Theodore Reff, "Copyists in the Louvre, 1850—1870," *Art Bulletin* 46 (December, 1964), 553n.

⑦ Letter from Paul Gauguin to Émile Schuffenecker, dated October 8, 1888, in Gauguin, *The Writings of a Savage*, ed. Daniel Guérin, trans. Eleanor Levieux (New York, 1996), 24.

⑧ Filippo Tommaso Marinetti, *Manifeste initiale du futurisme*, *Le Figaro*, February 20, 1909, reproduced in *Le premier manifeste du futurisme*, ed. Jean-Pierre A. de Villers (Ottawa, 1986), 51.

⑨ Man Ray, quoted in Herbert R. Lottman, *Man Ray's Montparnasse* (New York,

2001), 18.

⑩ Robert Louis Stevenson, "Walking Tours," in *Essays by Robert Louis Stevenson*, ed. William Lyon Phelps (New York, 1918), 32.

⑪ Letter from Gustave Flaubert to Louis Bouilhet, dated December 26, 1852, in *Correspondance*, 6 vols., ed. Jean Bruneau (1973—2007), 2: 217.

⑫ See Emily Braun, *Mario Sironi and Italian Modernism: Art and Politics Under Fascism* (New York, 2000), 50.

⑬ Claes Oldenburg, quoted in Dore Ashton, "Monuments for Nowhere and Anywhere," *L'Art vivant*, July 1970, rpt. in *Idea Art: A Critical Anthology*, ed. Gregory Battcock (New York, 1973), 12.

⑭ Harold Rosenberg, *Discovering the Present* (Chicago, 1973), 15—16.

⑮ Piet Mondrian, "Toward the True Vision of Reality" (1941) in *Plastic Art and Pure Plastic Art and Other Essays*, ed. Robert Motherwell (New York, 1951), 10.

⑯ Salvador Dalí, *The Secret Life of Salvador Dalí* (1942), quoted in Francine Prose, "Gala Dalí," *The Lives of the Muses: Nine Women and the Artists They Inspired* (New York, 2002), 198.

⑰ Charles Baudelaire, "Salon de 1846," in *Oeuvres complètes*, ed. Y.-G. Le Dantec, rev. ed. by Claude Pichois (Paris, 1961), 874—875.

⑱ Michael R. Taylor, "Between Modernism and Mythology: Gior gio de Chirico and the Ariadne Series," in *Giorgio de Chirico and the Myth of Ariadne* (London, 2002), 17.

⑲ Guillaume Apollinaire, "La Jolie Rousse," in *Calligrammes, poèmes de la paix et de la guerre* (1913—1916), preface by Michel Butor (Paris, 1966), 184.

第三章　作为教育者的中间商

① "The Ethics of Art," *Musical Times and Singing Class Circular* 30 (May 1, 1889), 265.

② Henry James, "Criticism" (1891), in *Selected Literary Criticism*, ed. Morris Shapira (New York, 1963), 167—168.

③ Gustav Pauli, Introduction, *Alfred Lichtwark, Briefe an die Kommission für die*

Verwaltung der Kunsthalle, 2 vols. (Hamburg, 1924), 1: 15.

④ Alfred Lichtwark, "Museen als Bildungsstätte" (1903), in *Erziehung des Auges* (Frankfurt, 1991), 47.

⑤ Alfred Lichtwark, *Briefe an die Kommission*, June 24, 1897 (from Brussels), 1: 271.

⑥ Ibid., June 26, 1892 (from Paris), 1: 97.

⑦ Ibid., June 16, 1898 (from Paris), 1: 322—323.

⑧ Ibid., 1: 323.

⑨ Ibid.

⑩ Ibid., 1897.

⑪ Ibid., April 24, 1897 (from Paris), 1: 250—252.

第四章　为艺术家而艺术

① Théophile Gautier, *Mademoiselle de Maupin*, ed. Geneviève van den Bogaert (1835—1836; Paris, 1966), 45.

② "Profession de foi," *L'Art libre: Revue artistique et littéraire* (Brussels) 1 (December 15, 1871), 1—3.

③ Edmond Goncourt and Jules Goncourt, *Manette Salomon*, new ed. (1867; Paris, 1897), 323.

④ Richard Wagner, "A Pilgrimage to Beethoven" (1840), in *A Pilgrimage to Beethoven and Other Essays*, trans. William Ashton Ellis (Lincoln, NE, 1994), 21—45.

⑤ William Blake, quoted in Irene Langridge, *William Blake: A Study of His Life and Art Work* (London, 1904), 67.

⑥ Richard Dehmel, cited in Peter Gay, *Modernism: The Lure of Heresy, from Baudelaire to Beckett and Beyond* (New York, 2008), 58.

⑦ George Bernard Shaw, *The Doctor's Dilemma: A Tragedy* (1909), act 4, 引自路易斯・杜贝达的临终遗言。

⑧ Margherita Sarfatti, quoted in Emily Braun, *Mario Sironi and Italian Modernism: Art and Politics Under Fascism* (New York, 2000), 92.

⑨ Cited in Richard Ellmann, *Oscar Wilde* (London, 1987), 201—202.

⑩ William Butler Yeats, *The Trembling of the Veil* (1922), in *Autobiography of William Butler Yeats* (New York, 1965), 93.

⑪ Oscar Wilde, "The Soul of Man Under Socialism" (1891), in *The Collected Works of Oscar Wilde*, ed. Robert Ross (1969), 1046.

⑫ Wilde quoted in Ellmann, *Oscar Wilde*, 581.

⑬ Ada Leverson, quoted ibid., 469.

⑭ Wilde to H. C. Marillier (December 12, 1885), in *The Complete Letters of Oscar Wilde*, ed. Merlin Holland and Rupert Hart-Davis (1962; New York, 2000), 272.

⑮ Wilde, "Note" in the New York Public Library, Berg Collection, quoted in Ellmann, *Oscar Wilde*, 310.

⑯ Yeats, *Trembling of the Veil*, 90.

⑰ Cited in Lawrence Danson, *Wilde's Intentions: The Artist in His Criticism* (Oxford, 1997), 107.

⑱ Ellmann, *Oscar Wilde*, 431.

⑲ *St. James's Gazette*, editorial, May 27, 1895.

⑳ Oscar Wilde, *The Picture of Dorian Gray* (London, 1891), vii.

㉑ Arthur Schnitzler, *Tagebücher*, 10 vols., ed. Peter Michael Braunwarth et al. (Vienna, 1981—2000). Quotations from *Tagebuch* 3 (December 21, 1908), 375, and *Tagebuch* 4 (April 4, 1912), 321.

㉒ Ibid., *Tagebuch* 5 (February 8, 1913), 17.

㉓ Letters from Mary Cassatt to Louisine Havemeyer, September 6 and October 2, 1912, and March 12, 1913, quoted in Frances Weitzenhoffer, *The Havemeyers: Impressionism Comes to America* (New York, 1986), 207, 208, 210.

第五章　贝多芬时代

① E. T. A. Hoffmann, "Sinfonie pour ... composée et dédiée etc par Louis van Beethoven," in *Allgemeine musikalische Zeitung* 12, nos. 40—41 (July 4 and 11, 1810), in *E. T. A. Hoffmanns Werke*, 15 vols., ed. Georg Ellinger, ed. (Berlin, 1912—1920), 13: 41—42.

② Alfred Lichtwark, "Publikum" (1881), in *Erziehung des Auges: Ausgewählte*

Schriften, ed. Eckhard Schaar (Frankfurt am Main, 1991), 25.

③ Ibid., 26.

④ Anonymous contemporary contributor to *Freimüthiges Abendblatt*, cited in *Thayer's Life of Beethoven*, 376.

⑤ Ibid., 363—429, passim.

结 语

① Giorgio de Chirico, *Valori plastici* (1919), in *Metaphysical Art*, ed. Massimo Carrà et al. (New York, 1971), 91.

② Vasili Kandinsky, *Das Sturm Album* (Berlin, 1913), xv.

③ Letter from Wassily Kandinsky to Will Grohmann, dated November 21, 1925, in Hans K. Roethel with Jean K. Benjamin, *Kandinsky* (1977; New York, 1979), 116.

④ Kazimir Malevich, *Die gegenstandslose, Welt* [The nonobjective world] (Berlin, 1927), passim.

⑤ 来自与罗伯特·马瑟威尔的私人交流。

⑥ See Gotthard Jedlicka, "Max Beckmann in seinen Selbstbildnissen," in *Blick auf Beckmann: Dokumente und Vorträge*, ed. Hans Martin Freiherr von Erffa and Erhard Göpel (Munich, 1962), 112.

参考文献

Abrams, Meyer Howard. *The Mirror and the Lamp: Theory and the Critical Tradition*. New York, 1953.

———. *Natural Supernaturalism: Tradition and Revolution in Romantic Literature*. New York, 1971. 浪漫主义史上两个重要的主题。

Barzun, Jacques. *Classic, Romantic, Modern*. New York, 1956.

Bate, Walter J. *From Classic to Romantic: Premises of Taste in Eighteenth Century England*. Cambridge, MA, 1946.

———. *Negative Capability*. Cambridge, MA, 1939. 两篇很有影响力的论文。

Behler, Ernst. *German Romantic Literary Theory*. New York, 1993.

Bénichou, Paul. *Romantismes français*, 2 vols. Paris, 2004.

Berend, Eduard. *Jean Pauls Aesthetik*. Berlin, 1909.

Berlin, Isaiah. "The Counter-Enlightenment." In *Against the Current: Essays in the History of Ideas*, 1—24. New York, 1979.

Bertaut, Jules. *L'Époque romantique*. Paris, 1947.

Blackall, Eric A. *The Novels of the German Romantics*. Ithaca, NY, 1983. 一篇具有开创性的文章。

Blanning, T. C. W. *The Romantic Revolution: A History*. New York, 2011.

Börsch-Supan, Helmut, and Karl Wilhelm Jähnig, eds. *Caspar David Friedrich*. Munich, 1973. 一份弗里德里希全部作品的详尽目录。

Breckman, Warren, ed. *European Romanticism: A Brief History with Documents*. Boston, 2008.

Brown, Marshall. *The Shape of German Romanticism*. Ithaca, NY, 1979. 一部带有评注的有用且兼收并蓄的选集。

Butler, Marilyn. *Romantics, Rebels, and Reactionaries: English Literature and Its Background, 1760—1830*. New York, 1982. 我受益于这部杰出而广博的综述。

Cassirer, Ernst. *Rousseau, Kant, Goethe: Two Essays*. Princeton, 1945.

Charlton, D. G., ed. *The French Romantics*, 2 vols. Cambridge, 1984. 包括艺术品在内的大量文章的高质量合集。

Chateaubriand, François René, Vicomte de. *Génie du Christianisme*, 2 vols. 1802. 基督教护教学之当代杰作。

Clark, Kenneth. *The Romantic Rebellion: Romantic Versus Classic Art*. New York, 1973.

Cruickshank, John. *Benjamin Constant*. New York, 1974.

Curran, Stuart. *The Cambridge Companion to British Romanticism*, 2nd ed. Cambridge, 2010.

Dahlhaus, Carl. *Nineteenth-Century Music*, trans. from the German by J. Bradford Robinson. Berkeley, 1989.

Dollot, René. *Stendhal, journaliste*. Paris, 1948.

Forbes, Elliot, ed. and rev. *Thayer's Life of Beethoven*. Princeton,1967, 1974.

Fricke, Gerhard. *Bemerkungen zu Wilhelm Heinrich Wackenroders Religion der Kunst*. In *Festschrift für Paul Kluckhohn und Hermann Schneider*. Tübingen, 1948.

Gadney, Reg. *Constable and His World*. New York, 1976.

Gage, John. *Color in Turner: Poetry and Truth*. New York, 1969.

———. *Turner: Rain, Steam, and Speed*. London, 1972. 两本重要的专著。

Gaull, Marilyn. *English Romanticism: The Human Context*. New York, 1988. 这本书是将英国浪漫主义者整合进社会史的有益努力。

Gibelin, Jean. *L'Esthétique de Schelling d'après la philosophie de l'art*. Paris, 1934.

Gillot, Hubert. *Chateaubriand, ses idées—son action—son oeuvre*. Paris, 1934.

Greig, James, A. *Francis Jeffrey of the Edinburgh Review*. Edinburgh,1948. 对浪漫主义时期一权威期刊之编辑的温暖颂词。

Gundolf, Friedrich. *Romantiker*. Berlin, 1930.

Guyer, Byron. "Francis Jeffrey's Essay on Beauty." *Huntington Library Quarterly* 13 (November 1949), 71—85.

Hoffmann, Werner, ed. *Caspar David Friedrich, 1774—1840*. Munich, 1974. 一部丰富的插图目录，其中并没有忽略弗里德里希的德国艺术家同道。

Izenberg, Gerald. *Impossible Individuality: Romanticism, Revolution, and the Origins of Modern Selfhood, 1787—1802*. Princeton, 1992.

Körner, Josef, ed. *Briefe von und an August Wilhelm Schlegel*, 2 vols. Zurich, 1930.

Levin, Harry. *Toward Stendhal*. Murray, UT, 1945. 被韦勒克公允地赞美为"一篇精美的通论"。

Lovejoy, Arthur O. *Essays in the History of Ideas*. Baltimore, 1948. 这本书包含着作者对浪漫主义作为一个统一历史阶段持怀疑主义态度的关键文章"On the Discrimination of Romanticisms" (1924)，与本书相关的其他几篇文章也对此有所贡献，尤其是"The Meaning of 'Romantic' in Early German Romanticism" (1916)及"Schiller and the Genesis of German Romanticism" (1920)。

——. *The Great Chain of Being: A Study in the History of an Idea*. Cambridge, MA, 1936, chapter 10.

March, Florence. *Wordsworth's Imagery: A Study in Poetic Vision*. New Haven, 1952.

Micale, Mark S. "Romanticism." In *Europe 1789—1914*, 5 vols., ed.John Merriman and Jay Winter, 4: 2026—2033. New York, 2006.

Miles, Josephine. *Pathetic Fallacy in the Nineteenth Century: A Study of a Changing Relation Between Object and Emotion*. Berkeley, 1942.

Minor, Jacob, ed. with commentary. *Friedrich Schlegel, 1794—1802; seine prosaischen Jugendschriften*, 2 vols. Vienna, 1882.

Neubauer, John. *Novalis*. Boston, 1980.

Paz, Mario. *The Romantic Agony*, 2nd ed., trans. from the Italian by Angus Davidson. London, 1970.

Peyre, Henri. *What Is Romanticism?* trans. from the French by Roda Roberts. Tuscaloosa, AL, 1977.

Porter, Roy, and Mikuláš Teich. *Romanticism in National Context*. Cambridge, 1988.

Rehder, Helmut. "Novalis and Shakespeare." *PMLA* 63 (June 1948), 604—624.

Reynolds, Graham. *Constable, the Natural Painter*. New York, 1965.

Rosen, Charles. *The Romantic Generation*. Cambridge, MA, 1995.

Rossé, Charles-Albert. *Les théories littéraires de Victor Hugo*. Paris, 1903.

Rouge, Isaac. *Frédéric Schlegel et la genèse du romantisme allemand (1791—1797)*. Paris, 1904. 一份德国学术研究中相对少见的法语文献。

Schenk, Hans G. *The Mind of the European Romantics: An Essay in Cultural History*. Oxford, 1979.

Walzel, Oskar Franz. *Friedrich Schlegels Briefe an seinen Bruder August Wilhelm*. Berlin, 1890. 一部重要的文集。

——. *Romantisches*. Bonn, 1934. 一篇重要的文章。

Watson, J. R. *Picturesque Landscape and English Romantic Poetry*. London, 1970.

Wellek, René. *A History of Modern Criticism, 1750—1950*, vol. 2, *The Romantic Age*. New Haven, 1955.

———. *Immanuel Kant in England, 1793—1838*. Princeton, 1931.

Williamson, George S. *The Longing for Myth in Germany: Religion and Aesthetic Culture from Romanticism to Nietzsche*. Chicago, 2004.

Zilkowski, Theodore. *Clio the Romantic Muse: Historicizing the Faculties in Germany*. Ithaca, NY, 2004.

———. *German Romanticism and Its Institutions*. Princeton, 1990. 两部富有价值的研究作品。

致　谢

在此，我要感谢我的四位朋友，他们为本书的出版做出了巨大的贡献：马克·米卡勒教授；塞奈达·索（我亲切地称其为塞尼）；丹·希顿，为本书做了细致的编辑；还有伊莲娜·史密斯，没有她也就没有这本小书。

索　引

（条目后的数字为原书页码，参见本书边码）

人文与社会译丛

第一批书目

1.《政治自由主义》(增订版),[美]J. 罗尔斯著,万俊人译 118.00 元
2.《文化的解释》,[美]C. 格尔茨著,韩莉译 89.00 元
3.《技术与时间:1. 爱比米修斯的过失》,[法]B. 斯蒂格勒著,裴程译 62.00 元
4.《依附性积累与不发达》,[德]A. G. 弗兰克著,高铦等译 13.60 元
5.《身处欧美的波兰农民》,[美]F. 兹纳涅茨基、W. I. 托马斯著,张友云译 9.20 元
6.《现代性的后果》,[英]A. 吉登斯著,田禾译 45.00 元
7.《消费文化与后现代主义》,[英]M. 费瑟斯通著,刘精明译 14.20 元
8.《英国工人阶级的形成》(上、下册),[英]E. P. 汤普森著,钱乘旦等译 168.00 元
9.《知识人的社会角色》,[美]F. 兹纳涅茨基著,郏斌祥译 49.00 元

第二批书目

10.《文化生产:媒体与都市艺术》,[美]D. 克兰著,赵国新译 49.00 元
11.《现代社会中的法律》,[美]R. M. 昂格尔著,吴玉章等译 39.00 元
12.《后形而上学思想》,[德]J. 哈贝马斯著,曹卫东等译 58.00 元
13.《自由主义与正义的局限》,[美]M. 桑德尔著,万俊人等译 30.00 元

14.《临床医学的诞生》,[法]M. 福柯著,刘北成译 55.00 元

15.《农民的道义经济学》,[美]J. C. 斯科特著,程立显等译 42.00 元

16.《俄国思想家》,[英]I. 伯林著,彭淮栋译 35.00 元

17.《自我的根源:现代认同的形成》,[加]C. 泰勒著,韩震等译 128.00 元

18.《霍布斯的政治哲学》,[美]L. 施特劳斯著,申彤译 49.00 元

19.《现代性与大屠杀》,[英]Z. 鲍曼著,杨渝东等译 59.00 元

第三批书目

20.《新功能主义及其后》,[美]J. C. 亚历山大著,彭牧等译 15.80 元

21.《自由史论》,[英]J. 阿克顿著,胡传胜等译 89.00 元

22.《伯林谈话录》,[伊朗]R. 贾汉贝格鲁等著,杨祯钦译 48.00 元

23.《阶级斗争》,[法]R. 阿隆著,周以光译 13.50 元

24.《正义诸领域:为多元主义与平等一辩》,[美]M. 沃尔泽著,褚松燕等译 24.80 元

25.《大萧条的孩子们》,[美]G. H. 埃尔德著,田禾等译 27.30 元

26.《黑格尔》,[加]C. 泰勒著,张国清等译 135.00 元

27.《反潮流》,[英]I. 伯林著,冯克利译 48.00 元

28.《统治阶级》,[意]G. 莫斯卡著,贾鹤鹏译 98.00 元

29.《现代性的哲学话语》,[德]J. 哈贝马斯著,曹卫东等译 78.00 元

第四批书目

30.《自由论》(修订版),[英]I. 伯林著,胡传胜译 69.00 元

31.《保守主义》,[德]K. 曼海姆著,李朝晖、牟建君译 58.00 元

32.《科学的反革命》(修订版),[英]F. 哈耶克著,冯克利译 58.00 元

33.《实践感》,[法]P. 布迪厄著,蒋梓骅译 75.00 元
34.《风险社会:新的现代性之路》,[德]U. 贝克著,张文杰等译 58.00 元
35.《社会行动的结构》,[美]T. 帕森斯著,彭刚等译 80.00 元
36.《个体的社会》,[德]N. 埃利亚斯著,翟三江、陆兴华译 15.30 元
37.《传统的发明》,[英]E. 霍布斯鲍姆等著,顾杭、庞冠群译 68.00 元
38.《关于马基雅维里的思考》,[美]L. 施特劳斯著,申彤译 78.00 元
39.《追寻美德》,[美]A. 麦金太尔著,宋继杰译 68.00 元

第五批书目

40.《现实感》,[英]I. 伯林著,潘荣荣、林茂、魏钊凌译 78.00 元
41.《启蒙的时代》,[英]I. 伯林著,孙尚扬、杨深译 35.00 元
42.《元史学》,[美]H. 怀特著,陈新译 89.00 元
43.《意识形态与现代文化》,[英]J. B. 汤普森著,高铦等译 68.00 元
44.《美国大城市的死与生》,[加]J. 雅各布斯著,金衡山译 78.00 元
45.《社会理论和社会结构》,[美]R. K. 默顿著,唐少杰等译 128.00 元
46.《黑皮肤,白面具》,[法]F. 法农著,万冰译 58.00 元
47.《德国的历史观》,[美]G. 伊格尔斯著,彭刚、顾杭译 58.00 元
48.《全世界受苦的人》,[法]F. 法农著,万冰译 17.80 元
49.《知识分子的鸦片》,[法]R. 阿隆著,吕一民、顾杭译 59.00 元

第六批书目

50.《驯化君主》,[美]H. C. 曼斯菲尔德著,冯克利译 68.00 元
51.《黑格尔导读》,[法]A. 科耶夫著,姜志辉译 98.00 元
52.《象征交换与死亡》,[法]J. 波德里亚著,车槿山译 68.00 元
53.《自由及其背叛》,[英]I. 伯林著,赵国新译 48.00 元

54.《启蒙的三个批评者》,[英]I. 伯林著,马寅卯、郑想译 48.00 元
55.《运动中的力量》,[美]S. 塔罗著,吴庆宏译 23.50 元
56.《斗争的动力》,[美]D. 麦克亚当、S. 塔罗、C. 蒂利著,李义中等译 31.50 元
57.《善的脆弱性》,[美]M. 纳斯鲍姆著,徐向东、陆萌译 55.00 元
58.《弱者的武器》,[美]J. C. 斯科特著,郑广怀等译 82.00 元
59.《图绘》,[美]S. 弗里德曼著,陈丽译 49.00 元

第七批书目

60.《现代悲剧》,[英]R. 威廉斯著,丁尔苏译 45.00 元
61.《论革命》,[美]H. 阿伦特著,陈周旺译 59.00 元
62.《美国精神的封闭》,[美]A. 布卢姆著,战旭英译,冯克利校 68.00 元
63.《浪漫主义的根源》,[英]I. 伯林著,吕梁等译 49.00 元
64.《扭曲的人性之材》,[英]I. 伯林著,岳秀坤译 69.00 元
65.《民族主义思想与殖民地世界》,[美]P. 查特吉著,范慕尤、杨曦译 18.00 元
66.《现代性社会学》,[法]D. 马尔图切利著,姜志辉译 32.00 元
67.《社会政治理论的重构》,[美]R. J. 伯恩斯坦著,黄瑞祺译 72.00 元
68.《以色列与启示》,[美]E. 沃格林著,霍伟岸、叶颖译 128.00 元
69.《城邦的世界》,[美]E. 沃格林著,陈周旺译 85.00 元
70.《历史主义的兴起》,[德]F. 梅尼克著,陆月宏译 48.00 元

第八批书目

71.《环境与历史》,[英]W. 贝纳特、P. 科茨著,包茂红译 25.00 元
72.《人类与自然世界》,[英]K. 托马斯著,宋丽丽译 35.00 元

73.《卢梭问题》,[德]E. 卡西勒著,王春华译 39.00 元
74.《男性气概》,[美]H. C. 曼斯菲尔德著,刘玮译 28.00 元
75.《战争与和平的权利》,[美]R. 塔克著,罗炯等译 25.00 元
76.《谁统治美国》,[美]W. 多姆霍夫著,吕鹏、闻翔译 35.00 元
77.《健康与社会》,[法]M. 德吕勒著,王鲲译 35.00 元
78.《读柏拉图》,[德]T. A. 斯勒扎克著,程炜译 68.00 元
79.《苏联的心灵》,[英]I. 伯林著,潘永强、刘北成译 59.00 元
80.《个人印象》,[英]I. 伯林著,覃学岚译 88.00 元

第九批书目

81.《技术与时间:2. 迷失方向》,[法]B. 斯蒂格勒著,赵和平、印螺译 59.00 元
82.《抗争政治》,[美]C. 蒂利、S. 塔罗著,李义中译 28.00 元
83.《亚当·斯密的政治学》,[英]D. 温奇著,褚平译 21.00 元
84.《怀旧的未来》,[美]S. 博伊姆著,杨德友译 85.00 元
85.《妇女在经济发展中的角色》,[丹]E. 博斯拉普著,陈慧平译 30.00 元
86.《风景与认同》,[美]W. J. 达比著,张箭飞、赵红英译 68.00 元
87.《过去与未来之间》,[美]H. 阿伦特著,王寅丽、张立立译 58.00 元
88.《大西洋的跨越》,[美]D. T. 罗杰斯著,吴万伟译 108.00 元
89.《资本主义的新精神》,[法]L. 博尔坦斯基、E. 希亚佩洛著,高铦译 58.00 元
90.《比较的幽灵》,[美]B. 安德森著,甘会斌译 79.00 元

第十批书目

91.《灾异手记》,[美]E. 科尔伯特著,何恬译 25.00 元

92.《技术与时间:3. 电影的时间与存在之痛的问题》,
[法]B. 斯蒂格勒著,方尔平译 65.00 元
93.《马克思主义与历史学》,[英]S. H. 里格比著,吴英译 78.00 元
94.《学做工》,[英]P. 威利斯著,秘舒、凌旻华译 68.00 元
95.《哲学与治术:1572—1651》,[美]R. 塔克著,韩潮译 45.00 元
96.《认同伦理学》,[美]K. A. 阿皮亚著,张容南译 45.00 元
97.《风景与记忆》,[英]S. 沙玛著,胡淑陈、冯樨译 78.00 元
98.《马基雅维里时刻》,[英]J. G. A. 波考克著,冯克利、傅乾译 108.00 元
99.《未完的对话》,[英]I. 伯林、[波]B. P. -塞古尔斯卡著,
杨德友译 65.00 元
100.《后殖民理性批判》,[印]G. C. 斯皮瓦克著,严蓓雯译 79.00 元

第十一批书目

101.《现代社会想象》,[加]C. 泰勒著,林曼红译 45.00 元
102.《柏拉图与亚里士多德》,[美]E. 沃格林著,刘曙辉译 78.00 元
103.《论个体主义》,[法]L. 迪蒙著,桂裕芳译 30.00 元
104.《根本恶》,[美]R. J. 伯恩斯坦著,王钦、朱康译 78.00 元
105.《这受难的国度》,[美]D. G. 福斯特著,孙宏哲、张聚国译 39.00 元
106.《公民的激情》,[美]S. 克劳斯著,谭安奎译 49.00 元
107.《美国生活中的同化》,[美]M. M. 戈登著,马戎译 58.00 元
108.《风景与权力》,[美]W. J. T. 米切尔著,杨丽、万信琼译 78.00 元
109.《第二人称观点》,[美]S. 达沃尔著,章晟译 69.00 元
110.《性的起源》,[英] F. 达伯霍瓦拉著,杨朗译 85.00 元

第十二批书目

111.《希腊民主的问题》,[法]J. 罗米伊著,高煜译　48.00 元
112.《论人权》,[英]J. 格里芬著,徐向东、刘明译　75.00 元
113.《柏拉图的伦理学》,[英]T. 埃尔文著,陈玮、刘玮译　118.00 元
114.《自由主义与荣誉》,[美]S. 克劳斯著,林垚译　62.00 元
115.《法国大革命的文化起源》,[法]R. 夏蒂埃著,洪庆明译　38.00 元
116.《对知识的恐惧》,[美]P. 博格西昂著,刘鹏博译　38.00 元
117.《修辞术的诞生》,[英]R. 沃迪著,何博超译　48.00 元
118.《历史表现中的真理、意义和指称》,[荷]F. 安克斯密特著,周建漳译　58.00 元
119.《天下时代》,[美]E. 沃格林著,叶颖译　78.00 元
120.《求索秩序》,[美]E. 沃格林著,徐志跃译　48.00 元

第十三批书目

121.《美德伦理学》,[新西兰]R. 赫斯特豪斯著,李义天译　68.00 元
122.《同情的启蒙》,[美]M. 弗雷泽著,胡靖译　48.00 元
123.《图绘暹罗》,[美]T. 威尼差恭著,袁剑译　58.00 元
124.《道德的演化》,[新西兰]R. 乔伊斯著,刘鹏博、黄素珍译 65.00 元
125.《大屠杀与集体记忆》,[美]P. 诺维克著,王志华译　78.00 元
126.《帝国之眼》,[美]M. L. 普拉特著,方杰、方宸译　68.00 元
127.《帝国之河》,[美]D. 沃斯特著,侯深译　76.00 元
128.《从道德到美德》,[美]M. 斯洛特著,周亮译　58.00 元
129.《源自动机的道德》,[美]M. 斯洛特著,韩辰锴译　58.00 元
130.《理解海德格尔:范式的转变》,[美]T. 希恩著,邓定译　89.00 元

第十四批书目

131.《城邦与灵魂:费拉里〈理想国〉论集》,[美]G. R. F. 费拉里著,刘玮编译 58.00元

132.《人民主权与德国宪法危机》,[美]P. C. 考威尔著,曹晗蓉、虞维华译 58.00元

133.《16和17世纪英格兰大众信仰研究》,[英]K. 托马斯著,芮传明、梅剑华译 168.00元

134.《民族认同》,[英]A. D. 史密斯著,王娟译 55.00元

135.《世俗主义之乐:我们当下如何生活》,[英]G. 莱文编,赵元译 58.00元

136.《国王或人民》,[美]R. 本迪克斯著,褚平译(即出)

137.《自由意志、能动性与生命的意义》,[美] D. 佩里布姆著,张可译 68.00元

138.《自由与多元论:以赛亚·伯林思想研究》,[英]G. 克劳德著,应奇等译 58.00元

139.《暴力:思无所限》,[美]R. J. 伯恩斯坦著,李元来译 59.00元

140.《中心与边缘:宏观社会学论集》,[美]E. 希尔斯著,甘会斌、余昕译 88.00元

第十五批书目

141.《自足的世俗社会》,[美]P. 朱克曼著,杨靖译 58.00元

142.《历史与记忆》,[英]G. 丘比特著,王晨凤译 59.00元

143.《媒体、国家与民族》,[英]P. 施莱辛格著,林玮译 68.00元

144.《道德错误论:历史、批判、辩护》,

[瑞典]J. 奥尔松著,周奕李译　　58.00元

145.《废墟上的未来:联合国教科文组织、世界遗产与和平之梦》,[澳]L. 梅斯克尔著,王丹阳、胡牧译　　88.00元

146.《为历史而战》,[法]L. 费弗尔著,高煜译　　98.00元

147.《语言动物:人类语言能力概览》,[加]C. 泰勒著,赵清丽译(即出)

148.《我们中的我:承认理论研究》,[德]A. 霍耐特著,张曦、孙逸凡译　　62.00元

149.《人文学科与公共生活》,[美]P. 布鲁克斯、H. 杰维特编,余婉卉译　　52.00元

150.《美国生活中的反智主义》,[美]R. 霍夫施塔特著,何博超译　　68.00元

第十六批书目

151.《关怀伦理与移情》,[美]M. 斯洛特著,韩玉胜译　　48.00元

152.《形象与象征》,[罗]M. 伊利亚德著,沈珂译　　48.00元

153.《艾希曼审判》,[美]D. 利普斯塔特著,刘颖洁译　　49.00元

154.《现代主义观念论:黑格尔式变奏》,[美]R. B. 皮平著,郭东辉译(即出)

155.《文化绝望的政治:日耳曼意识形态崛起研究》,[美]F. R. 斯特恩著,杨靖译　　98.00元

156.《作为文化现实的未来:全球现状论集》,[印]A. 阿帕杜莱著,周云水、马建福译(即出)

157.《一种思想及其时代:以赛亚·伯林政治思想的发展》,[美]J. L. 彻尼斯著,寿天艺、宋文佳译　　88.00元

158.《人类的领土性:理论与历史》,[美]R. B. 萨克著,袁剑译(即出)

159.《理想的暴政：多元社会中的正义》，[美]G. 高斯著，范震亚译（即出）

160.《荒原：一部历史》，[美]V. D. 帕尔马著，梅雪芹译（即出）

第十七批书目

161.《浪漫派为什么重要》，[美]P. 盖伊著，王燕秋译　　49.00 元

162.《欧美思想中的自治》，[美]J. T. 克洛彭伯格著，褚平译（即出）

163.《冲突中的族群》，[美]D. 霍洛维茨著，魏英杰、段海燕译（即出）

164.《八个欧洲中心主义历史学家》，[美]J. M. 布劳特著，杨卫东译（即出）

165.《记忆之地，悼念之地》，[美]J. 温特著，王红利译（即出）

166.《20 世纪的战争与纪念》，[美]J. 温特著，吴霞译（即出）

167.《病态社会》，[美]R. B. 埃杰顿著，杨靖、杨依依译（即出）

168.《种族与文化的少数群体》，[美]G. E. 辛普森、J. M. 英格尔著，马戎、王凡妹等译（即出）

169.《美国城市新主张》，R. H. 普拉特著，周允程译（即出）

170.《五种官能》，[美]M. 塞尔著，徐明译（即出）